DAYANA EVANS

Nije srce stijena

ISBN-13: 978-1542338769
ISBN-10: 154233876X

DAYANA EVANS

Nije Srce Stijena

Za mog brata Daria,

Moj život bi bio prazan bez tebe.

Hvala ti što si moj najbolji prijatelj još od rođenja.

1.

Kakav divan dan, zaključila je Annie Green zureći kroz široki prozor koji je gledao na maleni gradski park u obliku trokuta. Park se nalazio iza galerije u kojoj je radila i, iako je to bila samo malena oaza zelenila među visokim zgradama, Annie je voljela činjenicu što je mogla uživati u bar malo prirpode svaki put kad bi pogledala kroz prozor svog ureda.

Annie je živjela u Stamfordu, Connecticut. Grad je bio otprilike tridesetak milja udaljen od Manhattna, čineći Stamford dijelom New York metropolitan područja, ili kako su ga zvali: Tri-State Area, koje je obuhvaćalo najpoluparnije gradove u Americi.

Prije nego je doselila u ovaj grad, prije šest godina, Annie je živjela u New Yorku i do sada nije ni jednom požalila odluku koja je promijenla njezin život iz temelja.

Gledajući u park, proučavala je cvijeće u žarkim bojama, jasan znak proljeća, njenog najdražeg godišnjeg doba. Osmijehnula se i zatvorila oči upijajući toplinu koja se probijala kroz prozorsko staklo.

Bila je osoba koja nije voljela hladno vrijeme, ni hladne ljude. I upravo zbog toga se pomalo pribojavala idućeg sastanka s novim vlasnikom galerije u kojoj je bila na poziciji voditeljice.

Prijašnji vlasnici, Olsenovi, ugodan i simpatičan bračni par, su je iznimno cijenili. Skoro pa su prema njoj imali roditeljske osjećaje jer nisu imali vlastite djece. Olsenovi su bili u starijoj životnoj dobi i zaključili su kako im je dosta poslovnog svijeta kojeg su željeli zamjeniti živopisnim i pustolovnim putovanjima i Annie im je zavidjela na toj odluci i mogućnosti koju su imali. I njeno srce je žudjelo za putovanjima i slobodom koja je dolazila uz to. Međutim, to je bio san kojeg nije mogla ostvariti. Ne kad je centar njenog svijeta i gospodarica njenog srca bila njezina šestogodišnja kći, Larisa.

Na samu pomisao na Larisu, Anneine usne su se razvukle u sanjivi osmijeh.

Majčinska ljubav je bila nevjerojatno snažna. Transformirala je Annie iz uplašenog laneta u lavicu koja je zaštitnički štitila svoje mladunče i njihov dio teritorija kojeg su teškom mukom prisvojile. A jedan od tih teritorija je bio i ovaj posao. I sad se Annie našla u situaciji gdje će možda morati štititi svoj položaj.

Čula je da je novi vlasnik, Luke Stone, bio ambiciozan poslovan muškarac iz New Yorka, koji je nemilosrdno gazio ljude na putu svog uspjeha.

Zadrhtjela je.

Stona je pratila neugodna reputacija da je imao srce hladno kao stijena[1], što je bilo u skladu s njegovim prezimenom. Ljudi su ga se bojali. Pričalo se da je preuzimao firme, ne uvijek na pošten način, te da je imao nerealna očekivanja od svojih radnika koje je većinu vremena tretirao kao robove. I sad je trebao doći ovdje, u Stamford, u ovaj ured i ispuniti ovu toplu prostoriju svojom hladnoćom.

Annie se osvrnula po malenom uredu. Bio je tmuran kad je tek došla. Međutim, tamni uredski namještaj krutih linija gurnula je u drugi plan sa svježim cvijećem koje je ukrašavalo njen stol, te slikama prirode u duginim bojama koje su visjele na zidovima i činile prostor veselijim. Annie bi znala promatrati te slike kad bi joj bilo najteže. Koncentrirajući se na nezemaljske boje i sjene, zapala bi u nekakvu vrstu meditativnog stanja, koje bi joj uvijek pomoglo prebroditi situaciju u kojoj bi se našla, a stres bi je napustio kao rukom odnešen. Međutim, ovaj put to nije pomoglo, jer se iskreno bojala se za vlastiti posao.

Duboko je udahnula i zagledala se u urednu površinu radnog stola ispred sebe. Olsenovi su zamolili gospodina Stonea da Annie zadrži na mjestu voditeljice. To im je bio jedini uvijet kad su mu prodali galeriju za koju se pričalo da ju je Luke Stone žarko želio. Annie nije mogla razumijeti kako je hladna osoba kao on mogla nešto žarko željeti. I zašto je želio baš ovu, od svih mogućih galerija u New

[1] (Engl.) stone = stijena

Yorku i okolnim gradovima, koje su sigurno poslovale daleko bolje?

Trgnulo je odlučno kucanje na vratima. Puls joj se ubrzao i nervozno je izravnala već uredne papire na stolu. Pokušala se sabrati, te je ispravila držanje i čvrsto rekla, nastojeći da joj glas ne zvuči drhtavo, "Naprijed."

Vrata su se otvorila i u ured je ušao visok, tamnokos muškarac, mračnog pogleda. Nosio je tamno modro odijelo koje mu je savršeno pristajalo, zbog čega je Annie posumljala da je vjerojatno krojeno po mjerama njegovog atletski građenog tijela.

Annie mu je lice već poznavala iz brojnih magazina koji su o njemu pisali, ali nije mogla ne primjetiti da je uživo izgledao mnogo privlačnije. Imao je čvrstu i odlučnu bradu, te krute usne koje kao da su bile naviknute izdavati zapovijedi. Nos mu je bio ravan i pravilan, a oči su mu bile zanimljiva mješavina zelene i sive boje, uokvirene tamnim trepavicama i arogantnim obrvama.

Zaustavio se ispred Annie i ispružio snažnu, preplanulu ruku. To je bila gesta zbog koje je njeno srce odjednom ubrzalo, što joj se učinilo neobičnim. Sigurno je ovako djelovao na sve žene koje bi došle u doticaj s njim jer je zračio magnetskom privlačnošću.

"Gospodine Stone," obratila mu se uz ljubazan osmjeh, "Ja sam Annie Green," kratko su se rukovali. *Apsolutno savršeno doziran stisak ruke,* procijenila je, *jasan odraz moći.*

"Gospođice Green," odgovorio je privlačno dubokim glasom, a oči su mu se opasno suzile.

"Izvolite sjesti," ponudila mu je udobnu fotelju na suprotnoj strani stola.

Sjeli su okupani tišinom, dok su je Stoneove zelene oči hladno promatrale, zbog čega je oblio val vrućine. Vjerojatno kao štit od njegove hladnoće.

"Gospodin i gospođa Olsen su mi mnogo pričali o Vama, gospođice Green."

"Nadam se da su to bile ugodne priče," pokušala se našaliti, ali nije reagirao. Samo je mračno zurio u nju dok se nehajno zavalio u naslon stolice.

Iako joj se nije sviđao njegov mrki pogled, ipak je bila svjesna kako ga je misterioznost koja je zračila iz arogantnih zelenih očiju činila impozantnim.

"Obećao sam im da ću Vas ostaviti na poziciji voditeljice kod preuzimanja galerije. Ali nisam rekao do kada," mirno je obavijestio. Annie je s teškom mukom progutala kad je čula njegove hladne riječi, međutim on je nastavio govoriti prije nego što je stigla reagirati, "Stoga očekujem da ćete se iskazati najbolje što možete ako želite zadržati ovaj posao." Ton njegovog glasa je bio iznenađujuće oštar zbog čega je zaključila kako je bio daleko gori od onog što su glasine o njemu nagovještavale. Stoneove oči su se opet opasno suzile kad je ponovno progovorio, "Sklon sam vjerovati da su Olsenovi prema vama gajili roditeljske osjećaje, zbog čega pretpostavljam da im je sud bio zamagljen tim emocijama. Vole vas, u to nema sumnje, ali to ne znači da ste izvrsna radnica," arogantno je nakrivio glavu, te dodao, "Želim efikasne i ambiciozne osobe na vodećim pozicijama. I upravo te osobine očekujem i od Vas."

"Razumijem," Annie je uspjela procijediti, osjećajući mješavinu bijesa i povrijeđenosti. Morala je uložiti veliki napor kako bi ostala smirena i ljubazna. Uvrijedila je implikacija da je zasluge dobila isključivo iz privatnih razloga Olsenovih, a ne zbog vlastite sposobnosti. Međutim, zahvatio je val panike. Hoće li moći zadovoljiti Stoneove zahtjeve? Bio joj je potreban ovaj posao, ova plaća, ali ujedno je bila i svjesna svog karaktera. Na žalost, nije bila agresivna osoba ni agresivan prodavač. Bude li to zahtjevao od nje, mogla bi se naći na ulici brzinom munje. Njen pristup klijentima bio je prisan i pitom. Sve se temeljino na zajedničkom poštivanju i dogovaranju, i bilo joj je važno ostvariti odnose koji će trajati dugoročno. Iako je njen konačan cilj bio isti kao i Stoneov: zadovoljstvo kupaca i umjetnika koji će se ponovno vraćati, Annie nije bila sigurna koliko će se Stone slagati s njenim načinom dolaska do tog cilja. Annie je svim svojim bićem vjerovala u stvaranje povjerenja s klijentima, međutim, znajući Stoneovu reputaciju, bojala se hoće li se to povjerenje ikad moći ostvariti s obzirom da je on (navodno) na ovaj ili onaj način izigravao ljude na putu svog uspjeha. Također, koliko je znala, Stone nikad prije nije bio vlasnik galerije, i nije bila sigurna je li bio svjestan kako je svako područje u trgovini zahtjevalo prilagođen pristup klijentima, ovisno o tome s čim se trgovalo. Ista pravila nisu slijepo vrijedila za svako područje. Hoće li on imati strpljenja s njezinim neagresivnim pritupom i ovom galerijom koja nije donosila veliki profit, bar ne onakav kakav bi njega zadovoljio?

Annie je osjećala kako se sa svakom novom mišlju njezina anksioznost opasno povećavala.

Stone je opet progovorio arogantnim tonom, prekidajući njene uznemirene misli, "To je u principu ono najvažnije što sam Vam želio reći na samom početku naše suradnje. A sada bih Vas zamolio da mi do sutra ujutro pripremite dokumente o poslovanju galerije, od početka do danas."

Njegova arogancija joj je počela smetati, pa mu je odgovorila oštije nego što je planirala, "Već sam pripremila sve što Vam je potrebno," rekla je i bilo joj je drago kad je primjetila da se iznenadio. To je bila samo jedna malena pobjeda za nju i ona je grčevito uhvatila s obje ruke.

Sa zadovoljstvom mu je pružila debeli dosje koji je spremno ležao na stolu.

Stone je ležerno ispružio ruku, uzeo dosje i mirno rekao, "Pohvalno je što ste to već učinili. Ako i ubuduće budete ovoliko efikasni, vjerujem da nećemo imati nikakvih problema," spustio je pogled na mapu u rukama.

"Iskreno se nadam, gospodine Stone," suho je odvratila, zbog čega je on još jednom hladno pogledao, te je naglo ustao, što je iznenadilo. Nije očekivala da će se sastanak tako brzo završiti.

Užurbano je ustala sa željom da zaobiđe stol kako bi ga ispratila iz ureda, ali njegove iduće riječi su je ukopale na mjestu, "Nastavit ćemo ovaj razgovor uz večeru," nemarno je dobacio preko ramena, "Poslat ću svog vozača po Vas u sedam sati. Očekujem da budete spremni. A sada imam važnijeg posla."

"Ali..." bila je šokirana njegovim pozivom. Odnosno naredbom. Jasno je uočila razliku.

"Nemojte kasniti," dodao je prije nego je izašao iz ureda.

Vrata su se zatvorila, a Annie je bespomoćno potonula u stolicu. Soba kao da se smanjila ili je u njoj odjednom nestalo kisika, jer je počela teško disati.

Večeras u sedam? Ali, Larisa! Imala sam planove s njom. Obećala sam joj da ću je voditi u kino danas popodne. I sad ću je morati razočarati zbog ovog arogantnog i hladnog snoba, kojem nije palo na pamet da me upita jesam li imala vremena za večeru s njim!

Pogledala je na sat. *Pet sati!* Preplavila je nova panika. Trebala je hitno potražiti dadilju za Larisu. *Daj Bože da je Mary slobodna.*

~

"Dušo, veoma mi je žao što večeras nećemo moći u kino," Annie je objašnjavala dok je Larisu vozila iz škole do njihove susjede, šesnaestogodišnje Mary koja ju je povremeno čuvala, "Ali, nažalost, imam važan poslovni sastanak."

Larisa nije bila oduševljena otkazivanjem, ali putem od škole do kuće, Annie ju je odvela na ranu večeru (gdje je samo Larisa jela) i uz to je počastila sa sladoledom kao desertom u nadi da bar malo ublaži njeno razočarenje. Vjerovala je kako su se loše vijesti uvijek bolje podnosile na pun želudac.

"Nije fer, mama," oglasio se uzrujani protest sa stražnjeg sjedišta, "Svima sam rekla da ćemo ići gledati Zootropolis. Željela sam ga vidjeti."

"Dušice, ići ćemo neki drugi dan. Obećajem. I kupit ću ti nešto fino."

"Kao što?" tmurno je upitala Larisa.

Annie ju je pogledala u retrovizoru i primjetila da se tuga ipak počela povlačiti iz njenih plavih očiju, "Što god poželiš," odgovorila je uz osmjeh.

"Velike kokice?" skromno je upitala Larisa.

"Može," Annie se nasmiješila.

"I sok od naranče?"

"U redu," Annie se sad od srca nasmijala.

Imala je sreću što je Larisa bila skromno dijete. Međutim, nije bila u potpunosti sigurna koliko je na to utjecao njen odgoj ili je to jednostavno bio dio Larisinog karaktera. Kako bilo, Annie je bila zahvalna što joj je Larisa olakšavala majčinske dužnosti. Također, Larisa nije bila sklona dugom durenju. Bila je veselo i optimistično dijete i svako neraspoloženje bi je brzo prošlo, što je i sada bio slučaj.

"Mary će me čuvati?" veselije je upitala Larisa.

"Da," odgovorila je Annie parkirajući automobil ispred susjedovog prilaza.

"Volim Mary," iskreno je priznala, "Ona uvijek ima zanimljive i zabavne priče."

Annie se okrenula prema njoj, odvezujući svoj pojas i razmišljajući o tome kako će morati saznati kakve to priče Mary dijeli s njom. Larisa je imala izrazito modre oči, s dugim tamnim trepavicama, a tamno-smeđa kosa, gotovo crna, se nježno kovrčala oko njenog anđeoskog lica ističući porculanski ten. Annie je ispružila ruku i pogladila Larisine ružičaste obraze, osjećajući kako joj se srce ispunja snažnom ljubavlju.

"Znam da je voliš. Zbog toga sam prezadovoljna što je danas slobodna. Idemo," rekla je i odvezala Larisin pojas kako bi je oslobodila.

"Hoću li moći prespavati kod Mary?" upitala je Larisa dok je izlazila iz automobila.

Annie se nasmijala i izišla, te odgovorila tek kad je zaobišla automobil i stala ispred Larise koja je s dječjim nestrpljenjem čekala odgovor.

"Ne večeras," odgovorila je, "neću toliko dugo izbivati. Mary će te čuvati samo par sati i onda se vraćam."

"Joj, šteta," iskreno je rekla izazivajući Annien osmijeh.

U tom trenutku su se otvorila vrata od Maryne kuće i na njima se pojavila šesnaestogodišnja djevojka, guste smeđe kose do struka i okruglih bademastih očiju, te širokog osmijeha koji je razotkrivao malene bijele zube. Mary je bila onoliko nevina i draga koliko je tako izgledala. Annie se mogla samo nadati da će jednog dana Larisa imati slične karkterne klavitete kao Mary, zbog čega je bila dodatno sretna što je Mary bila njena dadilja, nadajući se da će utjecati na Larisu svojim hvale vrijednim ponašanjem.

"Dobar dan, gospođo Green," veselo je pozdravila Mary.

Annie je nikad nije ispravila da je ne zove gospođom. Još davno je to jednostavno dopustila. Mary je bila dijete kad se Annie tek doselila, i nije imala volje djetetu objašnjavati svoju žvotnu situaciju i kako se zapravo nikad nije udala, tako da joj je dopustila da je oslovljava kako želi.

"Mary!" uskliknula je Larisa i potrčala prema njoj.

"Bok, dušo," uzvratila je Annie, "Hvala ti na ovome."

"Nema problema," odgovorila je Mary dok je podizala preveliku i pretešku Larisu za svoju šesnaestogodišnju snagu, "Larisa i ja ćemo se lijepo zabaviti," obećala je uz široki osmjeh, te pogledala Larisu u naručju, "Joj, preteška si. Silazi dolje," zadirkivala je, zbog čega se Larisa zahihotala dok ju je Mary spuštala na tlo.

Annie je začula automobil kako se zaustavlja na njenom prilazu, pa se okrenula i ugleda dugačku crnu limuzinu. *Nije valjda da je Stone poslao limuzinu po mene!* Iznenađeno je pomislila.

Trenutak iza, otvorila su se vrata i vani je iskoračio muškarac krupnog tijela u uniformi službenog vozača. Pogledao je Annie i upitao, "Gospođica Green?"

"Da, ja sam. Zar je već sedam sati?" iznenađeno je upitala.

"Ne. Sad je šest i pol, ali gospodin Stone nas očekuje ispred restorana točno u sedam."

"Ali, to nije ono što je meni rekao," usprotivila se, "Nisam spremna!" uskliknula je i pogleda niz sebe – još uvijek je bila odjevena u istu odjeću koju je imala na poslu i, na nesreću, upravo je ugleda mrlju od sladoleda na sivoj suknji dvodijelnog kompleta strogog kroja.

"Nemamo vremena za to, gospođice Green," uznemireno je rekao, "Predlažem da odmah sjednete u auto. Gospodin Stone zna biti veoma neugodan kad je kašnjenje u pitanju. Idemo," rekao je i ušao u automobil, ostavljajući Annie šokiranu svojim nastupom.

Mora da je ovaj vidio Stoneov bijes mnogo puta kad je ovako bezobrazan, pomislila je, *Bit će bolje da ga poslušam,* zaključila je.

"Cure, vidimo se kasnije," doviknula je djevojkama i požurila prema limuzini.

~

Kad se limuzina zaustavila, Annie je provirila kroz prozor i ugledala neonsko plavi naziv restorana 'Ice Castle'. To je bio jedan od najluksuznijih restorana u gradu i jedan od onih koje je Annie izbjegavala zbog vrtoglavih cijena.

Samo se nadam da neće od mene očekivati da platim cijelu večeru, zadrhtala je bojeći se mogućnosti da bi je Stone mogao na neki čudan način večeras testirati, možda joj postaviti nekakvu klopku samo kako bi vidio kako će se iz toga izvući. Nije bila sigurna zašto je imala takav osjećaj, ali isti je lebdio iznad svake njene misli kao tmurni oblak i nije ga mogla olako ignorirati. *Pobogu, ako se to dogodi, mogla bih ovdje ostaviti cijelu plaću!*

U trenutku kad je posegnula rukom za kvaku, vrata su se iznenada otvorila i s druge strane je stajao Stone. Annie se instiktivno povukla u unutrašnjost automobila i iz tog položaja je mogla vidjeti samo njegovu ruku koju je pružio prema njoj. Na trenutak je zurila u snažnu preplanulu podlakticu i raširenu muževnu šaku koja je lebdjela u zraku. Zatim je protiv volje prihvatila i primjetila koliko su njezini prsti izgledali nježno i krhko u njegovoj čeličnoj šaci. Intiman dodir je poslao hladne srsi niz njenu kralježnicu.

Stone je snažno povukao prema vani.

"Dobrodošli, gospođice Green," rekao je kad je stala ispred njega. Nadvisio je za cijelu glavu, a njegova široka ramena su došla do izražaja u odijelu crne boje. Nekoliko prvih dugmadi na bijeloj košulji su bili raskopčani, otkrivajući preplanulu kožu i nagovještavajući čvrst prsni koš. Osjetila je iznenadan poriv kušati njegovu kožu. *Oh, ne budali!* Ukorila se, šokirana mišlju. *Od kud se sad ta pomisao stvorila?* uznemireno se upitala.

"Hvala," nervozno se nasmiješila.

"Zar se niste stigli preodjenuti?" kritizirao je i odmjerio je s očitim neodobravanjem.

Obrazi su joj se zažarili od nelagode.

"Žao mi je, ali ne. Morala sam otići po Larisu i odvesti je kod susjede. Tako da nisam imala..."

"Tko je Larisa?" nestrpljivo je prekinuo.

Annie se ugrizla za usnu. Hoće li Stone pomisliti da će Larisa umanjiti njenu produktivnost? Hladnokrvni profesionalac kao on mogao je smatrati da su djeca prepreke u poslovnom svijetu. Nije se toga prije sjetila. Samo je jednostavno izbrbljala događaj s Larisom, jer nije bila navikla da je morala skrivati.

"Onda, tko je ona?" ponovio je, a zelena boja njegovih očiju je postala tamnija dok je ukočeno gledao s visoka.

"Moja kći," tiho je rekla. Previše tiho. Zvučala je kao da se ispričavala i to je naljutilo.

"Hm..." promrmljao je, zatim se okrenuo, te dugačkim korakom prešao priljelaz ispred restorana i otvorio joj vrata.

Unutra ih je dočekao konobar i dok je Stone razgovarao s njim, Annie je zurila u njegova široka ramena, te torzo koji se blago sužavao prema struku.

Iako nije željela, zaista je pokušala ne gledati, odbijala je to – ali – njezin pogled je kliznuo niže kako bi odmjerila njegovu figuru od glave do pete. Nakon uskog struka, primjetila je čvrstu stražnjicu, te mišićava bedra koja su nagovještavala da je redovito trenirao.

Annie je nervozno progutala.

Prošlo je toliko dugo vremena od kako je odmjerila bilo kojeg muškarca. U neku ruku, kao da ih nije bila ni svjesna – već godinama. S lakoćom ih je ignorirala, ali činilo se da je Stone bio muškarac kojeg nije bilo lako zanemariti. Bilo je nešto privlačno nametljivog u njemu, nekakva neobuzdana snaga u njegovom karakteru koja je pobudila njezino zanimanje.

Međutim, iako je Stone bio predivan primjerak muškog roda, odlučila je kako bi bilo najpametnije gledati na njega *samo* kao šefa, osobu koja je u svojim rukama imala njenu budućnost, i ništa više od toga.

Iskreno se nadala da će uspjeti u toj namjeri.

Nakon kratkih Stoneovih uputa, konobar ih je poveo do stola za dvoje smješten pored prozora koji je gledao na ulicu koja je u tom trenutku vrvjela prolaznicima.

Tek nakon što su se udobno smjestili i kad je konobar nestao sa Stoneovim uputama koje vino da im donese, Stone se napokon obratio Annie, "I koliko godina ima vaša kći?"

Annie se ponadala da je možda zaboravio na Larisu dok je razgovarao s konobarom, ali na njenu žalost to se ipak nije dogodilo.

"Šest."

"Hm," promrmljao je, te zamišljeno pogladio stol ispred sebe, zatim je nastavio, "Pogledao sam dokumente o poslovanju," promijenio je temu, "Čini se kako je sve uredno."

"Hvala Vam," zahvaljivala mu se i na pohvali i na promijeni teme, jer iz nekog razloga nije imala želju s njim razgovarati o Larisi.

"Međutim, morat ćemo povećati prodaju," odlučno je dodao, "U tom dijelu ste bili poprilično slabi."

"Nije lako na tržištu umjetnina. Pogotovo prezentirajući nepoznate umjetnike," suho je odgovorila, osjetivši poriv da se obrani.

"To ne predstavlja problem," zvučao je samouvjereno, "Uz dobar publicitet možemo svakog nepoznatog umjetnka pretvoriti u zvijezdu i podignuti cijenu njegovih radova. Također moramo povećati i broj posjetitelja u galeriji."

Annie se zagledala u njega. Njegova arogantna samouvjerenost se skoro mogla opipati, i iako je zasmetao način na koji je iznio svoje zamisli, ipak se morala složiti s njim, "Da, tako sam i sama razmišljala," nevoljko je rekla.

Stoneova lijeva obrva se podigla dajući joj do znanja da joj nije vjerovao, iako je rekla istinu.

"Olsenovi nisu imali financijskih sredstva za takve pothvate i dobila sam dojam da su bili zadovoljni sa situacijom kakva je bila," brzo je dodala osjećajući potrebu da mu objasni razloge zbog kojih je galerija bila onakva kakvom je pronašao.

Stone je na trenutak spustio pogled, a kad je ponovno pogledao namrštio se, "To je bio njihov problem. Ja nisam zadovoljan," grubo je odbacio njeno opravdanje, "Uz to, imam sredstva kako bih lansirao ovu galeriju na mnogo veće razine."

"Znam," pomirljivo je promrmljala jer se nije željela upuštati u konflikt s njim. Činilo se kao da mu nije odgovaralo što je pokušala obraniti Olsenove.

Međutim, Stone se iznenada zagledao u Annie, te se naslonio dublje u naslon stolice i nekoliko sekundi je samo nepomično zurio u nju.

Annie je osjetila kako je iznenada svrbi nos, ali se nije usudila pomaknuti dok je bila zatočena pod njegovim neumoljivom pogledom.

"Koliko zapravo znate o meni?" grubo je upitao.

Njegovo otvoreno pitanje je dovelo u pomalo nelagodan položaj. Nije željela prepričavati tračeve koje je čula o njemu, ali njegov arogantan pogled je zahtjevao nekakav odgovor.

"Ne puno," oklijevala je.

"Recite mi sve što znate."

Annie je pročistila grlo, tražeći ispravan odgovor.

"Ovaj, znam da ste izgradili carstvo u arhitekturi i da često sudjelujete u umjetničkim događanjima."

"To je točno," nehajno je pomaknuo ruku i vrškom kažiprsta dotaknuo jednu od praznih čaša koje su se nalazile na sredini stola, "Što još?"

Annein mozak je grozničavo prebirao po informacijama koje je pročitala o njemu u raznim magazinima. Iduće riječi je izgovorila veoma oprezno proučavajći njegovo lice, "Čitala sam da su vam roditelji poginuli u automobilskoj nesreći prije godinu dana."

Oči su mu se zamračile, "Da, i to je istina," hladno je potvrdio, "Što još?"

"Mislim da je to sve što znam."

"Razmislite još jednom," grubo je zahtijevao, što je Annie iznenadilo, "Što još znate o meni? O mojoj obitelji?"

Annie je očajnički razmišljala kako bi se prisjetila bilo čega, ali kako se više ničeg nije mogla dosjetiti na poslijetku je rekla, "Pročitala sam negdje da ste navedeni kao najpoželjniji neženja," prekinula se kad su njegove obrve naglo poskočile, nakon čega joj je uputio pogled zbog kojeg se osjećala kao lovac na miraz.

"Je li Vam ta informacija važna?" oštro je upitao dok mu se vilica stiskala.

"Ne," brzo je odgovorila čudeći se njegom nastupu. *Vjerojatno je imao mnogo neugodnih iskustava sa ženama koje su ga oblijetale isključivo zbog bogatsva kojeg je stekao,* pomislila je sudeći po njegovoj pomalo agresivnoj reakciji.

"Zašto ne?" odjednom je mirno upitao.

"Molim?" šokirano je zurila u njega, ne shvaćajući promjenu u njegovom raspoloženju.

"Zašto mislite da je to nevažna informacija?" ovaj put se činilo kako se zabavljao ispitivanjem, što je nju u potpunosti zbunilo jer je samo trenutak ranije pomislila da je bio uvrijeđnjen pomišlju da ga je netko želio samo zbog novca. Zar je zadirkivao mijenjajući vlastite reakcije kako bi je zbunio?

"Ne razumijem Vaše pitanje," odgovorila je, nesposobna smisliti drugačiji odgovor. Što god da je pokušavao postići svojim čudnim ponašanjem, nije joj se sviđalo.

"Hm. Postoji li gospodin Green?" preskakao je s jedne neugodne teme na drugu.

"Ne."

"Što se dogodilo s njim?"

"Ništa. Gospodin Green nikad nije postojao," rekla je pomalo mrzovoljno.

"Pa niste začeli po duhu svetom," usta su mu se neznatno izvila u osmjeh kad je to rekao.

Je li se on to meni rugao? Začuđeno se uputala.

Kriste, zaista je gori nego što su glasine nagovijestile, zlovoljno je zaključila.

"Naravno da ne," pokušala je zvučati što nemarnije, "Green je moje prezime od rođenja i nikad se nisam udavala."

"Zanimljivo. Što se dogodilo? Ostavio Vas je pred oltarom?" dobacio joj je ciničan pogled, "Ili ste Vi ostavili njega i niste mu rekli za trudnoću?"

Annie se lecnula zbog njegovih pitanja i tona njegova glasa. Zašto je bio uporan pri ovoj, za nju, neugodnoj temi? Svaki normalan muškarac bi prestao zapitkivati kad bi osjetio da stvara nelagodu kod svoje sugovornice, ali ne i Stone. On je nastavio inzistirati na odgovorima. A Annie je bilo žao što nije imala luksuz poslati ga na njegovo mjesto. Međutim, trebao joj je ovaj posao i našla se u situaciji gdje mu je morala protiv volje udovoljiti, zbog čega je snažno stisnula šake ispod stola i odgovorila, "Ništa se od toga nije dogodilo, gospodine Stone," ipak joj je glas bio oštriji nego što je željela, "Život je takav. Događaju se situacije koje ne planiramo i s kojima se moramo nositi najbolje što možemo."

"Znači, neplanirana trudnoća?" zaključio je.

"Da," procijedila je, te iznenada dodala, "Molim Vas, promijenimo temu."

"Hm."

Ti njegovi zamišljeni pogledi s kratkim *hm* su je počeli iritirati. Nije ga razumjela i nije voljela enigmatične ljude. Smatrala se jednostavnom osobom i nastojala je izbjegavati komplikacije koliko god je mogla, zbog čega je ušutjela i istrpjela njegov prodoran pogled u tišini.

"Kako Vam se sviđa restoran?" odjednom je upitao umirujućim tonom, a Annie je smeteno slijedila njegov pogled.

Tek tada je postala svjesna okruženja. Unutrašnjost je bila u skladu s imenom restorana, Ice Castle. Annie se osjećala kao da se nalazila u dvorcu ledenjaka. Sve je bilo ukrašeno kristalima kako bi se dobio dojam leda i prevladavale su isključivo plave i bijele nijanse. Luksuz je prštao iz svakog detalja, međutim sve je to na nju ostavilo hladan dojam koji joj nije odgovarao, za razliku od Stonea koji se u hrpi leda vjerojatno osjećao kao kod kuće.

"Zanimljivo," odgovorila je, ne previše oduševljeno.

Stone mora da je primjetio nedostatak njenog oduševljenja jer je upitao, "Nešto nije u redu?"

"Ne."

"Ne volite luksuz?"

Zarumenila se zbog njegove provokacije, ali je ipak mirno odgovorila, "Nije u tome problem."

"Nego?"

Opet je bio uporan kako bi došao do istine.

Annie je ponosno uzdignula glavu i iskreno odgovorila, "Unutrašnjost se čini pomalo hladnom."

Stone se kratko osvrnuo i letimično pregledao prostoriju, "Mislite zbog kristala i plavih boja?"

“Da.”

“To Vam smeta?” zagnonetno je pogledao.

“Zanimljivo je, ali osobno više volim toplije uređenje.”

“Hladnoća vam smeta?”

“Pa, zapravo, da.”

“Hm. Zanimljivo,” činio se iskreno iznenađenim njenim odgovorom.

Opet je osjetila poriv da se opravda, pa je brzo dodala, “Znam da je smiješno, ali...”

“Nisam rekao da je smiješno,” prekinuo je, “Samo da je zanimljivo.”

“Dobra večer i dobro došli u *Ice castle*. Jeste li spremni naručiti jelo?” upitao je konobar koji se u tom trenutku pojavio s bocom vina, zatim ga je počeo točiti u čaše.

“Naravno,” odgovorio je Stone uz ljubazan osmijeh.

Annie je imala osjećaj da je napetost između Stonea i nje pucketala u zraku i odjednom je obuzela snažna želja da ode jer joj se nije sviđala nelagoda koju je Stone stvarao. Upravo iz tog razloga je napustila New York, kako bi mogla izbjeć ovakve hladne snobove i situacije u kojime se morala pretvarati da podnosi nesnošljivo društvo onih oko sebe. Od kad je došla u Stamford svim silama se potrudila okružiti samo toplim ljudima s kojima se ugodno osjećala – bar sve do sada.

Dok je Annie razmišljala o prošlosti u New Yorku, Stone je naručio jelo za sebe, ali i u Anneino ime, što je ona shvatila tek kad se konobar udaljio ne upitavši ju što želi.

U nevjerici je zurila za konobarom kad je Stone progovorio, "Ako želite uspjeti u poslovnom svijetu ne smijete biti osjetljivi na hladnoću. To je glavni pokretač uspješnih ljudi."

"Nisam rekla da sam osjetljiva," mrzovoljno je odgovorila. Bila je istinski gladna jer cijeli dan nije ništa jela, što od nervoze zbog njegova dolaska, što zbog nedostatka vremena, i željela je s užitkom odabrati jelo kako bi tijekom večere uživala bar u nečemu, kad već društvo nije bilo po njenoj volji. A sad joj je i tu slobodu izbora oduzeo. Ljutito je stisnula zube.

"Niste ni morali reći. Zaključak je očit. Recite mi još nešto o sebi, gospođice Green."

Zurila je u njega ne znajući je li on to mijenjao temu ili je nastavljao istu, pa je s oprezom upitala, "Kao što, na primjer?"

"Bilo što. Vi ste ipak voditeljica moje galerije i želim Vas bolje upoznati, kako bih bio siguran u odluku o Vašoj budućnosti."

Osjetila je hladan pritisak u grudima zbog njegovih riječi. Duboko je udahnula i započela objašnjavati, "Pa, kao što već znate, imam kćer. To sam Vam već rekla," razmišljala je na glas.

"Larisa," nježno je izgovorio ime kao da mu se sviđalo, a mekoća njegova glasa je iznenadila.

"Da, tako je," odgovorila je, te zastala kako bi naglasila svoje iduće riječi, "Završila sam umjetničku akademiju."

"Zaista?" zainteresirano se nagnuo naprijed.

"Da," s ponosom je potvrdila, nadajući se kako će ta informacija napokon izazvati njegovo poštivanje koje do tada nije osjetila.

"Kad ste sve to stigli? Koliko zapravo imate godina?" oči su mu znatiželjno zaiskrile.

"Gospodin ne pita damu za godine," pokušala se našaliti kako bi smanjila napetost među njima.

"Ja sam Vaš šef, Annie, i ako mi ne kažete provjerit ću u Vašem dosjeu," zaprijetio je, ne shvaćajući šalu.

Annie se razočarano namrštila i zapitala je li on uopće posjedovao smisao za humor.

"Trideset i tri godine," progunđala je.

"Zatrudnjeli ste s dvadeset i pet-šest?" opet se vratio na prijašnju temu.

"Da.

"Je li je i on bio umjetnik?" nemarno je upitao.

Annie je pomirljivo uzdahnula. Stone je bio čovjek koji nije odustajao. Bio je tvrdoglav kao mazga i postala je svjesna činjenice da što mu prije pruži sve odgovore, to će se prije riješiti ove nelagodne teme. Nakratko se pokolebala, a onda je ovlažila suhe usne, te odgovorila, “Alan je želio biti glumac,” u vlastitom glasu je osjetila prizvuk ogorčenja iz prošlosti.

“Alan? To je Larisin otac?”

“Da.”

“Kako se preziva?”

Annie nije shvaćala zašto je taj podatak bio važan, ali je ipak udovoljila njegovoj znatiželji.

“Moore.”

“Hm. I što se dogodilo?”

“Zaista ste uporni,” slučajno je prasnula i odmah požalila nedostatak vlastite kontrole. Željela je da prestanu razgovarati o njenoj prošlosti, jer se bojala kako će je istina prikazati u lošem svijetlu.

Međutim on se samo ovlaš nasmiješio i rekao, “Upornost me dovela do bogatstva.”

“Vjerujem da jest,” promrmljala je.

“Nastavite, molim Vas,” nagovarao je.

Annie je popila gutljaj vina kako bi se zagrijala. Tema i restoran su bili izvor hladnog strujanja kojeg je počela osjećati duboko u utrobi.

“S Alanom sam bila u vezi dvije godine i bila sam u debeloj zabludi kad sam smatrala da je to zaista bila veza,” priznala je.

“Zašto?”

“Alan je često putovao na audicije. I bilo je razdoblja kada se ne bi vraćao i po mjesec dana.”

“I to Vam je bilo sumnjivo?”

"Ne tada. U to vrijeme sam vjerovala da je on bio najbolji i najpošteniji muškarac na svijetu i cijenila sam njegove uporne pokušaje da pronađe angažman."

"Kad ste shvatili da ste bili u zabludi?"

"Kad sam mu rekla da sam trudna. Nije želio ni čuti o osnivanju obitelji. Želio je veliku filmsku karijeru i smatrao je da bi ga obitelj sputavala. Želio je slobodu," umorno je dodala, "Čak je otišao toliko daleko da me optužio kako dijete nije njegovo."

"I je li bio u pravu?"

Prenerazilo je njegovo pitanje.

"Ne. Alan je Larisin otac," žestoko je uzvratila, "Osim njega nisam bila s nikim u to vrijeme," rekla je, te promrmljala, "Ni poslije."

"Samo je nestao?"

"Zapravo, da. Spakirao se i odselio. Nije rekao gdje ide i više ništa nisam čula o njemu," lagala je.

"Što bi značilo da mu se filmska karijera nije ostvarila," nasmiješio se.

"Ili to ili je promijenio ime, kao što rade mnoge filmske zvijezde."

"I taj," zastao je, "Alan, nikad nije vidio vlastitu kćer?"

"Ne."

"Tužna priča," rekao je, ali iz nekog razloga Annie nije osjećala njegovo suosjećanje. To je izgovorio više kao nešto što se *moralo* reći.

"Ne za mene," prkosno je odvratila.

"Zaista?" opet mu je pogled zablistao znatiželjom.

Prije nego je Annie stigla odgovoriti, ponovno im je prišao konobar i servirao jela na stol. Annie su iznenada okružili primamljivi mirisi i njen želudac je počeo treperiti u iščekivanju dok je gledala škampe u umaku od češnjaka na tanjuru. I već nakon prvog zalogaja, uvjerila se da je Stone bio čovjek s izvanrednim ukusom.

"Objasnite mi zašto za Vas to nije bila tužna priča?" i dalje je ustrajao na istoj temi.

Annie je progutala božanstveni zalogaj koji joj je bio u ustima prije nego je odgovorila, "Bilo je više nego očito da je Alan bio osoba na koju se ne bih mogla osloniti. Zatim, njegov odlazak je bio jasan pokazatelj da me zapravo nikad nije ni volio."

"Istina," njegovo jednostavno slaganje je pogodilo. Drugi su je nastojali uvjeravati da je Alan ipak volio na nekakav njegov čudan način, ali Stone se samo hladno složio s njenom tvrdnjom što je protiv volje povrijedilo.

Ipak je nastavila, što je mogla mirnijim glasom, "Stoga mislim da mi je bolje bez njega. Bilo bi nezamislivo da je ostao iz osjećaja dužnosti, bez ljubavi. Ne bih željela da me netko do kraja života krivi za uništene snove i oduzimanje slobode. Da me optuži da sam mu nametnula život kakav nije želio."

"Ali zar i Vaši snovi nisu uništeni? Zar ga ni malo ne krivite?"

Annie se zarumenila zbog postavljenog pitanja.

"Krivila sam ga – ispočetka," nevoljko je priznala, "Ali Larisa je centar mog svijeta i ne mogu zamisliti život bez nje."

Dobacio joj je kratak osmijeh kojeg nije u potpunosti razumijela.

"Oči Vam zasjaje svaki put kad je spomenite," primjetio je.

"To je ljubav koju je nemoguće opisati," rekla je i nježno se nasmiješila. Ponadala se da će napokon uploviti u ugodnije teme nakon tog komentara, ali na njenu žalost Stone je opet prodorno pogledao što je zbunilo. Mijenjao je raspoloženja gore od nje kad je bila pred mijesečnicom.

"Nadoknađujete li Larisi nedostatak očeve ljubavi i pažnje?"

Oštrina u njegovu glasu je iznenadila i osjetila je kako joj krv navire u obraze.

"Pokušavam koliko mogu," branila se.

"Pita li za njega?"

"Povremeno," počela se nelagodno vrpoljiti na stolici.

"I što joj odgovorite?"

Nelagodno je zurila u njega, pitajući se bi li bilo jako neljubazno kad bi jednostavno odbila odgovoriti. Stone je počeo prelaziti granice pristojnosti koju su ljudi s razlogom postavili i pretvorili u društvenu normu ponašanja. Njega to kao da nije zanimalo, sve samo kako bi mogao udovoljavati vlastitoj sebičnoj znatiželji.

"Lagala sam joj," priznala je kroz stisnute zube. Njena nelagoda se počela opasno povećavati. Stone joj je bio šef i nije joj bilo drago što je morala udovoljavati njegovoj znatiželji, ne iz želje da s njim podjeli svoju priču, nego zbog straha da ne izgubi posao. A toliko je željela da je prestane ispitivati i osuđivati zbog nečega što on ionako nije mogao razumijeti.

"Kako ste joj lagali?"

Vilica joj se na trenutak zgrčila, zatim je odgovorila, "Rekla sam joj da je Alan liječnik i da se nalazi na drugom kraju svijeta gdje pomaže djeci koja nemaju ni oca ni majku. Objasnila sam joj da ona bar ima mene za razliku od te djece."

"I prihvatila je to?" uputao je dok je prodorno zurio u nju.

"Zar je imala izbora?" ljutito je upitala.

"Doći će dan kad će shvatiti da ste lagali. Zašto ste to učinili?" oštro je upitao, što je zaprepastilo.

Teškom mukom je progutala.

"Nisam željela da misli... da vjeruje kako je otac odbacio kao bezvrijedan predmet i da nikad nije osjetio potrebu upoznati je," uzrujano je odgovorila, "Larisa to ne bi mogla razumijeti. A kad jednog dana sazna istinu, nadam se da će imati dovoljno razumijevanja za moje razloge. Samo sam je željela poštedjeti boli," bespomoćno je uzdahnula.

"Ta bol je neizbježna," hladno je komentirao dok mu je namrgođeni pogled ukočeno boravio na njenom licu.

"Pa, bar je pokušavam odgoditi," borbeno je uzvratila. Nije mu kanila dopustiti da u njoj izazove još veću tjeskobu od one koju je već osjećala u vezi onoga što se dogodilo u New Yorku, ali činilo se da mu je to ipak uspijevalo.

"Mislim da su djeca otpornija od odraslih. Što više čekate, to će šteta biti gora," oštro je rekao.

S tom primjedbom je pogodio Annie u bolnu točku i ona je zadrhtjela od bijesa koji je ključao u njoj. Šef ili ne, prevršio je svaku mjeru.

"Imate li Vi djece, gospodine Stone?" ljutito je upitala.

"Ne," jednostavno je odgovorio ne skidajući zelene oči s njenog uzrujanog lica.

"Onda mi nemojte držati predavanja o odlukama s kojima se ionako teško nosim!" izlanula je i naglo ustala od stola, "A sad me ispričajte, jer mislim da sam upravo izgubila apetit," dobacila mu je prezriv pogled i izjurila vani – po cijenu otkaza.

~

Ostatak večeri, Annie nije mogla vjerovati što je učinila. Je li si onim burnim odlaskom iz restorana zaista osigurala otkaz?

Kad je bila sigurna da je Larisa bila u dubokom snu, ušla je u svoju sobu i prvi put nakon dugo godina prepustila se agoniji jer je Stone suočio s prošlošću za koju je mislila da je davno ostala iza nje.

Krivila ga je za ovo svoje trenutno stanje.

Do sada je bila uspješna u nerazmišljanju o teškim temama. A zbog Larise nije imala vremena razmišljati ni o sebi ni o davnim odlukama, ni suočavati se s emocijama onda kada bi se pojavile. Samo ih je gurala i spremala negdje sastrane. Međutim, tijekom vremena ti neriješeni konflikti su nagomilali mnoštvo negativnih emocija s kojima se odbijala suočiti i sada su je zatrpale.

Nakon dugih šest godina u njen život je ušao muškarac koji je toliko izbacio iz takta da si je ugrozila vlastitu financijsku budućnost. Nije mogla vjerovati da je Stone imao takav utjecaj na nju, a tek ga je upoznala.

Činilo se kako će ovo biti mučna suradnja ako kojim čudom ipak nije izgubila posao. Našla se u situaciji kad se zapitala je li uopće željela ostati s obzirom na novonastale uvjete. Obožavala je raditi u galeriji dok su Olsenovi bili vlasnici. Uz njih se osjećala kao da je imala obitelj, osjećala se dobrodošlo, ali sad se sve to vrtoglavo promjenilo.

Zašto mi je postavljao sva ona pitanja o mojoj prošlosti? Što je mogao dobiti znajući odgovore? Pitala se, ne shvaćajući njegovu motivaciju.

2.

Kad je Annie sutradan ušla u ured, pitajući se je li još uvijek bio njen, na stolu je ugledala prekrasan buket ljubičastih i bijelih orhideja.

Zbunjeno je zurila u veličanstvene boje. *Nije valjda da je Stone bio toliki čudak da je radnike otpuštao ostavljajući buket cvijeća na njihovim stolovima?*

Zamislila se nad tim, te zaključila kako bi to zapravo bilo sasvim u skladu s njegovom karakterom.

Ugledala je malenu bijelu karticu u srcu buketa, te je ispružila drhtavu ruku kako bi je uzela.

Ovo je bio trenutak istine.

Annie nije mogla vjerovati da je tako olako odbacila svoju i Larisinu sigurnost jer mu je dopustila da je onako gurne preko ruba strpljenja.

Duboko je udahnula i pogledala površinu kartice koja je bila ispisana čvrstim muškim rukopisom:

Primite moje isprike.

L.S.

Kratko i hladno, baš kako mu i priliči.

Glasno je odahnula. Sad je bar znala da je još uvijek imala posao. Sudbina joj je pružila još jednu šansu i morat će se istinski potruditi da je ne uništi. Morat će se naučiti ignorirati Stoneove hirove i njegovo nepoštivanje tuđe privatnosti.

Prebacila je vazu s cvijećem u najudaljeniji kut ureda, daleko od očiju, i bacila se na posao u nadi da joj misli neće bježati prema Stoneu i njegovim nemilosrdnim primjedbama od sinoć, koje su još uvijek stvarale kaos u njenim osjećajima i mislima. Nije željela sumnjati u svoje odluke po pitanju Alana i Larise, ne nakon onoga što se dogodilo kada je Alana zadnji put vidjela. U konačnici odluka je bila njegova i sve je ionako bilo van njene kontrole, zbog čega je znala da je krivnja bila nerzumna.

Glasno je uzdahnula i koncentrirala se na hrpu mailova.

~

Negdje oko podneva, po tko zna koji put od jutra, zazvonio je telefon na Anneinom stolu.

“Galerija Amor. Kako Vam mogu pomoći?” zacvrkutala je u slušalicu, kao i uvijek kad bi se javila.

“Stone ovdje,” progovorio je duboki glas zbog kojeg se sledila.

“Kako Vam mogu pomoći, gospodine Stone?” službeno je upitala.

“Jesi li dobila cvijeće?”

Annie se iznenadila što joj se obratio sa *ti* ovako brzo.

"Da. Hvala Vam."

"Sviđa li ti se?"

Imala je dojam da ga njen odgovor zapravo nije previše zanimao. Vjerojatno je pitao iz čiste pristojnosti.

"Naravno," suzdržano je odgovorila gledajući u buket na drugoj strani sobe, "Veoma je lijepo."

"Žao mi je zbog riječi koje sam sinoć izrekao i želio bih se iskupiti."

Annie se na trenutak zbunila, "Zar to niste učinili s cvijećem?"

"Ne," kratko je odgovorio, te mirno dodao, "Pozovi me na večeru – kod sebe."

"Molim?" zaprepašteno je upitala.

"Ne želim da misliš kako sumnjam u tvoje odluke," odlučno je rekao, "Imam maleno iznenađenje za tebe i Larisu."

Iznenađenje? Za obje? Annie nije mogla niti zamisliti kakva je to iznenađenja Stone priređivao ljudima u svom životu. Sudeći po svemu do sada, vjerojatno neugodna. Napravila je grimasu. *Joj, ovo mi se ne sviđa.*

"Ali..." započela je sa željom da se ispriča kako će biti zauzeta.

"Ne bih ti preporučio da me odbiješ," prekinuo je, "Ja sam tvoj šef, Annie Green," inzistirao je.

Anniene oči su se raširile od šoka. *Je li on to mene ucjenjuje?* Grozničavo se upitala i morala je stisnuti vilicu kako bi se suzdržala. *Treba ti ovaj posao,* podsjetila se, *ne dopusti da te opet izbaci iz takta i natjera da previše riskiraš.* Uostalom, istrpjet će još jednu neugodnu večeru s njim i po njenoj procjeni nakon toga bi stvari trebale teći puno glađe. Ovdje je u pitanju bila stvar navikavanja – oboje su bili suočeni s novim i drugačijim načinom kako je ono drugo funkcioniralo. Nakon što se jednom naviknu jedno na drugo, trebalo bi postati lakše. Kad nauči što je trebala ignorirati u njegovom ponašanju, život će joj bili jednostavniji, ali da bi došla do toga najprije se trebala izložiti svim neugodnostima koje bude stavljao pred nju.

Bar se nadala da će se uspjeti naviknuti.

Shvativši da je on strpljivo šutio čekajući njen odgovor, napokon je tiho rekla, "Dođite na večeru kod mene. U sedam sati."

"U redu, hvala na pozivu. Neću dolaziti u ured danas, pa se vidimo tek večeras" brzo je rekao, hladno kao da je sklopio poslovni sastanak, te je poklopio slušalicu.

Njegov konačan hladan ton je rasplamsao njen bijes. Stone je bio muškarac koji je nemilosrdno iskorištavao svoju nadmoćnu poziciju i nije joj se sviđao osjećaj bespomoćnosti koji je u njoj izazivao. Voljela je imati kontrolu, a s njim se to činilo gotovo nemogućim.

~

"Tko je striček koji dolazi na večeru?" Larisa je upitala po deseti put u posljednjih pola sata dok je Annie jurila po kuhinji.

"Moj šef," odgovorila je Annie s majčinskim strpljenjem dok je vadila kristalne časte iz perilice posuđa.

"Što je to *šef*?" nevino je upitala Larisa, izazivajući Annien osmjeh.

Odgovorila joj je dok je stavljala čaše na pult, "To je osoba za koju mama radi i koja mi daje novac kako bi nas dvije mogle lijepo živjeti, imati hranu, igračke i kuću..."

"On je platio ovu hranu? Ali nije bio s nama u trgovini," začuđeno je upitala Larisa.

Annie je zastala u poslu i od srca se nasmijala. Ponekad je Larisa bila pravo dijete kao što i jest, a opet, ponekad bi se Annie našla iznenađena njenim opažanjima i komentarima. Annie je zapravo preferirala da Larisa ostane dijete što je bilo duže moguće, jer je smatrala kako je zaslužila uživati u vlastitoj nevinost sve dok se svijet ne umješa i ne natjera je da odraste. Stoga je nije uvijek ispravljala kad bi rekla nešto naivno, dopuštala bi to. Bar za sada. Još malo, pa će ju početi drugačije usmjeravati, ali još samo malo, neka bude dijete.

"Budi dobra curica i pokupi svoje igračke. Ne želimo da gospodin Stone pomisli da smo neuredne, zar ne?"

“Ne,” veselo je uskliknula Larisa i potrčala u dnevni boravak, međutim na pola puta je zastala, okrenula se, te upitala, “A što ako striček poželi vidjeti igračke?”

Annie se nasmiješila, “Onda ćemo mu ih pokazati, a do tada ih spremi u kutiju.”

“Ok, mama.”

Annie je još jednom provjerila salatu i bolognese umak, te je stavila špagete da se kuhaju. To je bilo Larisino najdraže jelo, za koje Annie nije znala hoće li se Stoneu učiniti previše običnim s obzirom da je navikao jesti po skupim restoranima. Ali Annie je odlučila udovoljiti kćerki, a ne gostu koji se ionako sam pozvao.

Larisa srećom nije pitala zašto i danas nisu bile u kinu. Annie je pretpostavila da ju je vijest o gostu dovoljno odvratila od jučerašnjih obećanja.

Morala je priznala kako joj se ni malo nije sviđala ova situacija sa Stoneom. Bio je prisutan u njenom životu tek dva dana, a već je sve svoje privatne planove morala podrediti njemu. Unio je kaos u red i rutinu koju je godinama izgrađivala. I kako to da se muškarac kojeg je poznavala tako kratko, toliko uvukao u njen život?

Annie se tješila činjenicom da je za sada, bar u početku, morala igrati po njegovim pravilima – iako veoma čudnim pravilima, i nadala se da će je ostaviti na miru jednom kad odluči da je želi zadržati na poziciji voditeljice. Možda je sve ovo bio dio njegovog testa, da vidi kako funkcionira pod pritiskom ili što li je već pokušavao testirati.

Oglasilo se zvono na vratima i zvuk je trgnuo iz misli. Pogledala je na sat na zidu iznad stola. Bio je nevjerojatno točan, u sekundu. *Je li možda čekao pred vratima da bude točno sedam sati prije nego je pozvonio?*

Obrisala je ruke o kuhinjsku krpu i uputila se prema vratima, te se putem osvrnula po prostorijama kako bi se uvjerila da je sve bilo u redu.

Posjedovala je malenu jednokatnicu u predgrađu Stamforda. Tehnički, banka je posjedovala kuću, jer je zapravo još uvijek otplaćivala hipoteku. Kuća je imala uzak, ali dugačak hodnik koji je vodio u četiri prostorije, ne računajući kupaonicu. Najudaljenija prostorija do glavnih ulaznih vrata je bila malena četvrtasta kuhinja u kojoj se ujedno nalazio stol za blagovanje. Prostorija pored kuhinje je bila pretvorena u dnevni boravak, koji je zbog Larisinih igračaka najčešće izgledao kaotično. Namještaj u dnevnom boravku je bio minimalan: pastelno zeleni trosjed i odgovarajuća fotelja, te niski stakleni stalak za televiziju kraj koje se nalazio stalak za dvd player, te nekoliko Larisinih najdražih filmova i crtića. Zid iznad televizije je bio ukrašen policama na kojima su se nalazile Anneine knjige i razni ukrasi. A skoro svi kutevi u boravku su bili zatrpani Larisinim igračkama, što u kutijama, što van kutija. Druge dvije prostorije u kući su bile spavaonice, jedna Anneina i druga, manja, Larisina.

Dok je Annie stiskala kvaku na ulaznim vratima, čula je Larisu kad je dotrčala iza nje, nestrpljiva vidjeti gosta.

"Dobra večer, Annie," veselo je pozdravio Stone kad je otvorila vrata.

Bila je to ugodna i nevjerojatna promjena zbog koje je očarano zurila u njegov nestašni osmjeh. Nije mogla vjerovati da je to bio onaj isti hladni i arogantni muškarac kojeg je jučer upoznala. Zbunjivao ju je i zbog toga su se u njoj emocije kaotično izmjenjivale. Još uvijek nije uspjela formirati konačno mišljenje o njemu.

"Dobra večer, gospodine Stone," formalno je uzvratila, jer ga nije željela bez dozvole osloviti njegovim prvim imenom. Međutim, on je nije ispravio niti je zamolio da ga ubuduće zove Luke.

"A tko je ljepotica koja se skriva iza tebe?" upitao je, te se nagnuo naprijed i počastio Larisu širokim osmijehom.

Dok je Stone gledao prema Larisi, Annie je postala svjesna njegove blizine u uskom hodniku. Primjetila je da je odjenuo svijetlo-plave traperice i jednostavnu sivu majicu. Protiv volje je morala priznati da je izgledao privlačno, a oko njega se širio miris muževnog parfema. *O Bože, od kad to nisam osjetila,* s nostalgijom je pomislila i duboko udahnula. Bilo je nešto posebno u muškom parfemu što je obaralao s nogu, nagonilo da se preda, a opet i da podivlja.

Shvativši u kojem smijeru su joj misli odlutale, trgnula se i odjednom je primjetila da je Stone pružao Larisi klupko krzna koje se vrpoljilo. Bila je toliko odsutna u mislima, da nije čula o čemu su razgovarali. Larisa je odjednom vrisnula od sreće i ushićenja, a psić kojeg je prigrlila, nježno je zacvilio.

Annie je raširila oči od šoka.

"Što je to?" zbunjeno je upitala.

"Štene," jednostavno je odgovorio Stone ne skidajući pogled s Larise i psića.

"Vidim, ali zašto ga dajete Larisi?"

"To je moj poklon za nju. I tebe naravo," brzo je dodao, "Da se iskupim za sinoćnje ponašanje."

"Mama, mama, pogledaj kako je sladak!" uzbuđeno je vrisnula Lrisa dok je stiskala psića u naručju, zatim je zagnjurila lice u mekano krzno.

"Presladak," odgovorila je Annie stisnutih zubi, ali se zatim natjerala na osmijeh, te je pogladila Larisu po glavi i rekla što je mirnije mogla, "Odnesi ga u dnevnu sobu."

Annie nije ni dovršila rečenicu, a Larisa je već potrčala.

"Što vi izvodite, gospodine Stone?" oštro je šapnula kad su ostali sami.

"Zar me nećeš putiti da prođem?" ignorirao je njeno pitanje.

Tek je tada shvatila da je stala ispred njega i prepriječila mu ulaz u uskom prostoru. I bila je u iskušenju da ga izbaci na ulicu. *Zašto je ovaj čovijek uporno donosio odluke u moje ime?* To joj se nimalo nije sviđalo.

Larisa ju je molila već mjesecima da joj pokloni psa, ali je Annie odbijala. Voljela je životinje, ali imati psa bilo bi kao da je imala još jednu osobu za koju bi se morala brinuti. Ionako je jedva žonglirala posao i majčinstvo.

Sada se Larisina želja ostvarila, a Annie je dobila dodatne obaveze i prezahtjevnog šefa kojeg se nije mogla riješiti ni u slobodno vrijeme.

Međutim, ipak je progutala nezadovoljstvo i pomakla se kako bi ga propustila. Ali dok je prolazio, mrzovojlno ga je odmjerila od glave do pete. *Ovaj je čovijek došao izokrenuti moj cijeli svijet.*

Uzdahnula je polako i duboko, te se uputila za njim.

~

Larisa je bila presretna. I dok je Annie postavljala stol i dovršavala jelo (pod Stoneovim budnim okom), Larisa ih je svakih nekoliko minuta dolazila obavijestiti o tome što je Bubbles (tako je nazvala psića) učinila.

Larisa se također već nekoliko puta srčano zahvalila Stoneu za njegov poklon, objašnjavajući mu kako su joj se sada svi snovi ostvarili. *Njeni dječji snovi,* uzdahnula je Annie. Bila je ponosna na Larisinu skromnost i njeno ponašanje. Međutim, nije Larisa bila ta koja je iznenadila svojim ponašanjem, nego Luke Stone. Bio je veseo, nasmijan i zračio je toplinom. Annie se cijelo vrijeme pitala tko je bio ovaj muškarac u njenoj kuhinji i gdje je nestao arogantni i hladni Stone.

"Imaš predivnu kćer," rekao je iznenađujuće toplo.

"Hvala."

"Ali čini mi se da više sliči na oca," ustanovio je dok je promatrao Larisu kako se igra s psom.

Annie je podigla glavu i preko stola se zagledala u njega.

"Kako znate?" oprezno je upitala, što ga je navelo da je pogleda. Oči su mu postale tamno zelene.

"Pretpostavio sam, jer ne sliči mnogo na tebe. A na nekog mora," nasmiješio se – previše nevino, "Ona ima neobične plave oči, a ti međeno smeđe. Larisa također ima skoro crnu kosu, a ti svijetlo smeđu. Nije teško uočiti razliku."

"Da," zamišljeno je priznala, "Više sliči na Alana."

Stoneove oči su se suzile kad je upitao, "Nije ti to drago?"

Annie se opet na trenutak sumnjičavo zagledala u njega pitajući se zašto je toliko inzistirao na pitanjima iz njene prošlosti, ali je ipak nevoljko odgovorila, "Već sam se navikla zanemariti sličnost. Iako, ispočetka je bilo bolno," priznala je, "Gledam na Larisu kao osobu koja je svoja. Lakše mi je ne uspoređivati je ni s Alanom ni sa mnom."

Dok su Stoneove zelene oči i dalje intezivno zurile u nju, Larisa je odjednom uletjela u kuhinju i uzviknula, "Bubbles voli žutu lopticu! Dođite! Dođite!"

Protiv volje, Annie se nasmiješila Stoneu, smiješak koji joj nije uzvratio, zatim su ustali i zaputili se prema boravku.

Larisa je skakutala i pljeskala rukicama dok je Bubbles znatiželjno gurkala lopticu.

"Hoćeš li joj pokloniti tu loptu, Larisa?" upitala je Annie.

"Hoću," spremno je odgovorila Larisa sa sjajem u dubokim modrim očima.

"Psić je dobio ime Bubbles, a nismo ni sigurni je li mužjak ili ženka," Annie je prošaptala pored Stonea, zabavljajući se tom mišlju.

"Zar je to važno?" odgovorio je i nemarno slegnuo ramenima, "Nije prvi put da se to dogodi životinjama. To je ionako neutralno ime."

"Da, u pravu ste," odgovorila je i namjerno mu podarila blistavi osmijeh.

Stone ju je promatrao, pomalo ozbiljno, kao da je pokušavao dokučiti šte se zapravo krilo iza njenog osmijeha. A Annie se prestala smiješkati dok je polako uranjala u njegove prodorne zeleno-sive oči. Postala je svjesna topline njegova tijela pored sebe. Ramena su im se skoro doticala jer su stajali veoma blizu u malenom dnevnom boravku, a zbog intezivne razmjene pogleda obuzela je vrućina.

"Zašto nikad nisi potražila Alana?" njegovo iznenadno pitanje je rasprsnulo mjehurić iluzije u koji je na trenutak zaronila.

"Zašto bih?" oštro je upitala izbjegavajući odgovor, te se naglo okrenula.

"Možda se promijenio," inzistirao je Stone, na njeno iznenađenje.

"Ne vjerujem," otresito je rekla dok je koračala prema kuhinjskom pultu.

"Zašto ne?" upitao je, slijedeći ju.

Annie je skoro strgnula krpu s vješalice kako bi obrisala već čisti pult. Nije mogla vjerovati da je to pitao! Da je predlagao nešto takvo! Što si je on umišljao tko je!?

"Da je poželio vidjeti Larisu, to bi i učinio," hladno je odgovorila dok mu je još uvijek bila okrenuta leđima i žestoko brisala pult, "Nije nas nemoguće pronaći, s obzirom da smo još uvijek na istom mjestu gdje nas je i ostavio."

"Hoćeš reći da on zna da živite ovdje?" šokirano je upitao, a iznenađenje u njegovom glasu se činilo iskrenim.

Annie se okrenula i zagledala se u njega. Opet je zahvatilo neraspoloženje i izgubila je strpljenje zbog čega je oštro upitala, "Uostalom, zašto vas toliko zanima Alan? Čemu sva ta pitanja? Zvučite kao privatni istražitelj."

Šok na njegovom licu je iznenada ishlapio i on se nehajno naslonio na dovratak kuhinjskih vrata, te mirno odgovorio, "Samo provjeravam koliko si zapravo raščistila s prošlošću."

Annie je na trenutak ušutjela, iznenađena njegovim riječima. Zašto mu je to bilo važno?

"I do kakvog ste zaključka došli?" promrmljala je, te je shvatila da sa strepnjom očekuje njegov odgovor, dok joj se puls ubrzavao.

"Još uvijek ti je bolna točka," mirno je ustvrdio.

Annie je spustila pogled, razmišljajući o njegovom komentaru. Nije mislila na Alana toliko dugo da je jednostavno zaključila kako joj više ništa nije značio.

Razmišljala je... i nije joj ništa značio, ali je bol, koju joj je nanijeo, još uvijek snažno pulsirala u njenim venama. Ljubav koju je osjećala prema Alanu je odavno zamjenilo ogorčenje i povrijeđenost – i to su bili duhovi prošlosti koje je Stone uznemirio svojim pitanjima. On ju je samo ponovno podsjetio na to koliko je uništeno povjerenje boljelo i koliko je dugo – predugo za jednu mladost – bilo potrebno da se rana zacijeli. Ako bi se ikad zapravo zacijelila. Bila je sklona vjerovati da će se vjerojatno jedan dan osvrnuli oko sebe i shvatili kako je prekasno, da joj je život prošao u pokušaju da zaliječiti rane i ispraviti nepravdu koja joj je bila nanešena. I da je u tom procesu izgubila najbolje godine svog života... *Je li već sada prekasno?*

"Zbog čega nisam siguran koliko si zapravo iskrena," odjednom je zaključio Stone.

Annie se zacrnilo pred očima. Bio je nemoguć, a njegove riječi su na nju djelovale poput kockica leda.

"Moj privatan život se Vas ne tiče," otresito je rekla, ljuteći se na sebe jer mu se toliko povjeravala, a on je bio toliko neobazriv da je sumnjao u njenu iskrenost. Bila je nevjerojatno uvrijeđena.

Okrenula se i hladno uzviknula kako bi dozvala Larisu, "Večera je gotova! Svi za stol, molim Vas."

Dvije sekunde iza, Larisa je provirila u prostoriju i veselo upitala, nesvjesna napetosti između Annie i Stonea, "Može li i Bubbles sjesti s nama?"

"Ne, dušo. Bubbles će ostati u boravku i igrati se sa svojom novom lopticom, a kasnije ćemo joj zajedno pripremiti večeru, može?"

"Super!" oduševljeno je zapljeskala.

"Ali..." naglasila je Annie, "Samo ako budeš dobra za večerom. Moraš sve pojesti i ne smiješ zaboraviti da imamo gosta."

Na Anniene riječi, Larisa je krajičkom oka pogledala prema Stoneu kao da je tek tada postala svjesna da se u njezinoj kući nalazio *stranac.* Isti tren je reagirala kao sva stidljivija djeca: povukla se iza zida i tiho prošaptala, "Da, mama," te zabrinuo dodala, "Ali ostavit ćemo malo za Bubbles, jel da? Sigurna sam da i ona voli naš umak."

"Naravno," Annie se osmijehnula s ljubavlju, "Budi dobra i operi ruke prije večere."

Larisa je pojurila prema kupaonici, a Annie je bez riječi prošla pored Stonea koji je i dalje netremice promatrao.

Na stolu je već bio pribor kojeg je Annie servirala od ranije i sad je dodala jelo. Dok je Stone sjedao za stol, Annie je uzela Larisin tanjur i izvadila najprije njoj, ne obazirući se na to da bi gost trebao imati prednost. Ako se Annie pitalo, u ovoj kući je jedinu prednost imala Larisa. *Čak bi i psa nahranila prije njega,* frustrirano je pomislila. Nije mogla vjerovati da je imao toliku moć da je svaki put gurne u stanje frustracije. Nije joj se to sviđalo – niti malo.

Stone je sve šutke promatrao. Zapravo, šutjeli su cijelo vrijeme dok se Larisa nije vratila i sjela.

Ispočetka nitko nije progovarao, pa su jeli u tišini. Annie je primjetila da je Larisa svako malo krajičkom oka pogledavala u Stonea, ali onaj tren kad bi i on pogledao nju, svratila bi pogled i tupo zurila u tanjur. Sad kad je Bubbles – kao distrakcija, bila u drugoj prostoriju, Larisa je odjednom postala svjesna Stonea i čini se kako nije znala što s njim.

"Jelo je odlično," odjednom je progovorio Stone, razbijajući tišinu.

"Hvala vam," odgovorila je Annie, iako je sumnjala u njegovu iskrenost. Vjerojatno je to rekao samo kako bi započeo bilo kakav razgovor.

"Ovo je moje najdraže jelo," tiho se priključila Larisa, zureći stidljivo u tanjur.

"Zaista?" veselo joj je odgovorio Stone, "Dopušta li ti mama desert nakon večere?"

Larisa je podignula glavu i pogledala ga velikim plavim očima. Činile su se još većim zbog uzbuđenja jer je večeras doživjela svojevrstnu prekretnicu u svom mladom životu: dobila je psa, biće o kojem se može brinuti i koje je žarko željela, ali ovo je također za nju bila i nesvakidašnja situacija jer je u njihovoj kući bio muškarac. To je bilo nešto što je Annie, svjesno ili nesvjesno, do sada izbjegavala.

"Ne uvijek," iskreno je odgovorila Larisa na njegovo pitanje.

"Hm," kratko je promrmljao zbog čega se Annie namrštila.

"Veoma volim sladoled," Larisa je ubrzano dodala, kao da se bojala da bi komunikacija odjednom mogla zamrijeti.

"I ja također," složio se uz osmjeh.

Larisino lice se ožarilo od zadovoljstva, "A koji okus najviše volite?" upitala je.

Stone se na trenutak zamislio nad pitanjem, kao da je pokušavao odlučiti između tisuće predivnih okusa, zatim je rekao, "Moj najdraži okus je slani kikiriki."

Larisine oči su se raširile od šoka, "Nikad nisam čula za taj okus."

Stone se široko osmjehnuo, "Ne znaš što propuštaš. Morat ću te jednom prilikom odvesti na sladoled."

Annie je odjednom pročistila grlo, dajući mu do znanja kako prelazi granicu i da Larisi ne daje prazna obećanja.

Stone je letimično pogledao Annie, te se opet obratio Larisi, "A koji je tvoj najdraži okus?"

"Vanilija."

"Oh, to je tako siguran izbor. Moraš malo živjeti," rekao je i nasmijao se kad je uočio Larisin zbunjen pogled jer nije razumjela njegov komentar.

Annie ga je zbog toga gurnula nogom ispod stola.

"U redu," rekao je i ispravio se, "Drugi put kad dođem, donijet ću ti sladoled od slanog kikirikija. Može?"

Larisa se široko osmjehnula, "Naravno."

Annie je šutjela, ne znajući što misliti o njegovom obećanju. Nije se veselila imati šefa koji je prelazio granice profesionalnog i privatnog života. Pogotovo ako će joj opet postavljati neugodna pitanja i nazivati je lažljivicom nakon što mu udovolji odgovorom.

~

Ostatak te – kratke – večere je protekao mirno. Stone je, činilo se, zaključio kako mu je Larisa bila bolji sugovornik jer je većinu vremena s njom razgovarao. Uspio ju je potkupiti poklonivsi joj psića jer je Larisa veselo odgovarala na njegova pitanja i revno mu objašnjavala o čemu je Bubbles *razmišljala*.

Stone se zadržao samo desetak minuta nakon večere, zatim ih je pozdravio i najavio svoj ponovni posjet. Annie je nestrpljivo zatvorila vrata za njim kad je izašao. Kako ovakvom šefu dati do znanja da joj je išao na živce i da ga nije željela u svom domu? Tako je žarko željela viknuti za njim da se više ne vraća, ali u tom slučaju joj sigurno ne bi dopustio da zadrži posao...

Glasno je uzdahnula.

3.

Annie je oprezno i nervozno otvorila vrata galerije. Iako je ona bila ta koja ih je tog jutra prva otključala, iz nekog se razloga ipak bojala da bi Stone mogao biti unutra. S njim se nikad nije znalo. Mogao je doći prije nje, ući u galeriju i zaključati vrata za sobom kako bi spriječio prolaznike da uđu prije otvaranja.

Polako je koračala preko velike sale čiji su zidovi bili ispunjeni svakojakim umjetničkim dijelima, a po sredini prostorije su bili postavljeni panoi s dodatnim slikama, osvrčući se na sve strane kako je Stone ne bi iznenada zaskočio.

Galerija Amor je za sada imala samo dvije dijelatnice: Annie na poziciji voditeljice, i Sarah McFee koja je obavljala dužnost recepcionarke za malenim stolom u glavnoj sali. Sarah je primala klijente za Annie i odgovarala na raznorazna pitanja onih koji su razgledavali djela dok se Annie ne bi pojavila i preuzela.

Sarah je bila u ranim pedesetim godinama i bila je

jedna od Annienih susjeda u ulici u kojoj je živjela. Sarah nije bila pretjerano kvalificirana za posao koji je obavljala, ali Annie ju je naučila osnovama koje su joj bile potrebne kako bi ispravno odgovorila na pitanja koja su joj kupci postavljali o djelima koja su bila izložena u galeriji.

Annie je dala ovaj posao Sarah jer joj je bilo žao kad je ova izgubila dugogodišnje zaposlenje u osiguravajućoj kompaniji, jer je navedena firma propala i Sarah se našla u starijoj životnoj dobi bez posla. Sarah je zamalo bila upala u depresiju jer je živjela sama i bojala se kako će preživjeti idući dan. Onog trenutka kad je Melisa (djevojka koje je prije radila kao recepcionerka u galeriji) dala otkaz, Annie je uvjerila Olsenove da šansu daju Sarah.

Annie se s mukom pitala kakav će stav Stone imati prema tome? Hoće li dopustiti Sarah da ostane i dalje? Za sada je nije spominjao, ali Annie je znala da Olsenovi nisu od njega tražili da ostavi i Sarah. I iako se Stone još nije izjasnio po tom pitanju, Annie je znala da će on prije ili kasnije početi uvoditi nekakve promjene u poslovanju galerije. Samo nije mogla procijeniti kakve.

Kad je stigla u stražnji dio galerije, Annie je provirila u otvoren Stoneov ured samo kako bi se uvjerila da nije bio unutra. I zaista, ured je bio prazan (osim tamnog uredskog namještaja). *Dobro, još nije stigao,* pomislila je zahvalna što može uživati u produljenom miru dok se on ne pojavi. Ako se upoće i pojavi. Stone je još uvijek dolazio i odlazio bez posebne svrhe i razloga, tako da Annie po ničemu nije mogla predvidjeti njegov raspored. Slegnula je ramenima i produžila u svoj ured.

Nekoliko minuta kasije, začula je otvaranje glavnih vrata. *Je li to Stone?* Zadrhtjela je, zatim je ustala od stola i uputila se prema sali kako bi vidjela tko je bio u pitanju.

Kad je izronila iz stražnjih prostorija, Annie je ugledala Sarah kako polako prelazi veliki prostor sale.

"Dobro jutro, Annie," Sarah je pozdravila veselim tonom i ljubazno se nasmiješila.

"Dobro jutro," toplo joj je uzvratila Annie.

Sarahina sijeda kosa je bila podignuta u punđu, kao i uvijek, i odjednula je žarko žuti sako i odgovarajuću suknju, a ispod sakoa je provirivala maslinasta bluza.

Annie se osmjehnula. Obožavala je Sarahinu ljubav prema odjeći žarkih boja.

"Danas je prvi ponedjeljak u mjesecu," uskliknula je Sarah, "Što znači da je vrijeme za naš ritual."

"Joj, umalo sam zaboravila. Naravno, odmah se bacam na posao."

Već godinu dana u galeriji je postojao ritual: svakog prvog ponedjeljka u mjesecu Annie bi otišla u susjednu ulicu po sočan kolač od mrkve i gustu vruću čokoladu s cimentom – bilo ljeto ili zima, menu je uvijek bio isti.

Ritual je započeo prije malo više od godinu dana nakon što su doktori otkrili da je Sarah imala zabrinjavajuću kvrgu na leđima, koju je zatim morala kirurški ukloniti kako bi se uzorak poslao na biopsiju. Srećom, nalaz je bio uredan i dan kad su to saznale počastile su se s kolačem i čokoladnim napitkom kako bi proslavile sretnu vijest. I od tada su odlučile svakog prvog ponedjeljka u mjesecu slaviti život kako si se podsjetile da ga ne shvaćaju zdravo za gotovo i kako bi se natjerale da sve probleme sagledaju s drugačije perspektive.

I zaista svakog mjeseca, taj ponedjeljak kao da je bio dan kada bi Annie vlastite misli resetirala i odbacila nepotrebne anksioznosti i zabrinjavajuće misli. Nastojala se koncentrirati na dobre stvari u svom životu, a ne na loše, i taj – bar jedan dan u mjesecu – provela bi zahvalna na svemu što je imala.

"Idem odmah," rekla je i srčano zaglila Sarah.

"Sretan ti život, draga moja," veselo je rekla Sarah uzvraćajući joj zagrljaj.

"I tebi," Annie se od srca nasmijala, te s poletom u koraku odlepršala do ureda kako bi uzela torbicu i uputila se po kolač i vruću čokoladu.

Kad je izašla na ulicu, Annie se zadovoljno osvrnula oko sebe, uživajući u blagoj jutranjoj temperaturi ranog proljeća. Ulica je bila ispunjena ljudima koji su žurili na posao i Annie je putem proučavala njihova zabrinuta i zamišljena lica. Bila je zahvalna na ritualu kojeg su Sarah i ona osmislile, jer je podsjećao kako se život mogao sagledati na razne načine. To je bilo samo pitanje volje, želje i malo upornosti kako bi se pozitivniji pogled na život pretvorio u naviku.

Ispočetka je bilo iznenađujuće teško, ali što su duže to radile, to je Annie više primjećivala dobre promjene u vlastitom karakteru i razmišljanjima. Više nije bila onoliko ogorčena na cijeli svijet zbog nesretnih okolnnosti i problema koji bi ju snalazili. Bar na jedna dan, osjećala se kao da je uživala svojevrstnu tajnu jer bi ponosno koračala ulicom, nasmijana i iskreno ispunjena unutarnjim mirom, i bilo joj je žao svih onih koji bi prošli pored nje s izmučenim pogledima. Annie je u toj situaciji uvijek poželjela zaustaviti te ljude i reći im da su mogli preuzeti kontrolu nad vlastitim životom: jer što je bio život nego niz vlastitih misli, i ako bi naučila kontrolirati misli, Annie je vjerovala da je na taj način mogla naučiti kontrolirati vlastiti život. Iako, često je to bilo lakše reći nego učiniti, međutim osjećala je kako je bila na dobrom putu.

I u tom trenutku, Annie je svim srcem voljela Sarah jer je ušla u njen život i naučila je ovoj lekciji. Pogotovo jer je u posljenjih nekoliko dana, od kad je Stone preuzeo galeriju, Annie zaboravila na to i osjećala se kao da je *on* bio taj koji je trenutno preuzeo kontrolu nad njenim životom. Međutim sad je bila uvjerena da se tako osjećala samo zato što mu je to dopustila, jer je razmišljala na takav način. I odlučila se trgnuti iz toga.

Bez obzira na to kako se Stone ponašao prema njoj, Annie je odlučila da će se s dobrotom i toplinom boriti protiv njegove hladnoće. To je bio najbolji način kako bi iz ove situacije izišla kao pobjednica i zadržala posao kojeg je voljela svim svojim srcem.

Široki osmijeh joj se razlio preko lica kad je otvarila vrata 'Heaven' slastičarne i na trenutak je zatvorila oči kad je zapljusnuo sladak miris cimeta koji je ispunjavao prostoriju.

~

Iako je bila zatrpana poslom, ipak u skladu s tonom dana, Annieino je srce bilo ispunjeno zadovoljstvom jer je radila ono što je voljela, a to je bilo otkrivanje novih talenata i pomaganje nadarenim umjetnicima da taj talen pokažu svijetu. *Pa, dobro, možda ne baš cijelom svijetu, jer galerija nije bila toliko snažna, ali bar stanovnicima ovog grada.*

Kad je odložila portfolio koji je sadržavao forografije predivnih slika prirode u ulju na platnu, Annie je podigla glavu i ugledala Stona kako stoji prekriženih ruku naslonjen na dovratak njenog ureda.

Zbog iznenađenja što ga vidi, srce joj se naglo ubrzalo.

Iako je cijelo jutro samoj sebi ponavljala kako će nastojati kontrolirati vlastite misli u njegovoj prisutnosti, nije shvatila da misli nisu bile jedini problem. Annie je upravo otkrila kako je pitanje zapravo bilo kako kontrolirati tijelo u njegovoj prisutnost, jer ono je reagiralo neovisno o tome što je ona željela misliti ili ne.

Namrštila se zbog toga i s mukom priznala da je Stone zaista bio dominantan muškarac. A zbog načina kako je svojom pojavom ispunjavao dovratak ne bi joj trebala vrata ako bi on odlučio tu ostati do daljnjeg.

"Oh, ispričavam se, nisam čula kad ste došli," užurbano je rekla, svjesna kako joj je puls i dalje bio alarmantno povišen.

Nije zapravo bila sigurna zašto je tako reagirala na njega. Je li to bilo zato što joj je stvarao nervozu zbog činjenice da je u svojim rukama držao njenu budućnost, a iskustvo s njim ovih nekoliko dana joj je dalo naslutiti kako ga nije mogla olako pročitati, i da još uvijek nije bila sigurna u ishod njegove konačne odluke? Jesu li svi ovi alarmi koji su zujali u njenom tijelu nagonili Annie na oprez kad je u njegovoj blizini, jer je on prijetio njenom opstanku? Ili je možda nešto sasvim drugo bilo u pitanju?

Stone se zamišljeno nasmiješio, i lijeno se odlijepio od vrata, "Nema problema, uživao sam u pogledu."

Komentar je Annie toliko zbunio da je ustala, i ne shavaćajući gdje je zapravo pošla, uputila se do ormarića za fajlove koji je bio u desnom kutu sobe, odmah pored njenog stola.

Još uvijek smetena, što njegovim komentarom, što reakcijom svog tijela, Annie je otvorila jednu od ladica, i s obzirom da nije znala što je tražila, uzela je prvi fajl koji joj se našao pod rukom. Zatim se uspravila, naslonila se na ormarić i naglim pokretom glasno zatvorila ladicu.

“Što to imaš u ruci?” iznenada je upitao, a ona se zaledila na pitanje jer nije imala pojma što se nalazilo u fajlu.

Oblio je val vrućine i u trenutku kad se pomaknula kako bi prišla stolu, osjetila je da ju je nešto povuklo natrag. Spustila je pogled i ugledala kako je rub njene ljubičaste haljine, koja joj je sezala do koljena, zapeo za ladicu koju je trenutak prije zatvorila. I umjesto da se smireno pokušala osloboditi, iz nekakvog glupavog razloga počela je potezati haljinu koja se nije imala namjeru pomaknuti.

Stone se odjednom glasno nasmijao, a zvuk njegova smijeha je Annie ukočio na mjestu.

“Dopusti meni, molim te,” šarmantno je rekao.

Annie je obeshrabreno spustila ruke i ukočeno čekala njegovu pomoć.

Stone joj je prišao sigurnim korakom i stao joj toliko blizu da je mogla osjetiti toplinu njegova tijela. On se zatim sagnuo, okrznuvši njezino bedro zbog čega je tiho udahnula, otvorio je ladicu, te nježno oslobodio rub haljine. Međutim, nije odmah ispustio tkaninu, povečavajući Anneinu anksioznost.

“Bojim se da si je potrgala,” zaključio je nakon pomnog promatranja, te joj je dobacio pogled od dolje, “Šteta,” uspravio se ispred nje, “Haljina je lijepa i izvrsno ti pristaje.”

Njegovo uspravno tijelo je sada bilo udaljeno od njenog svega nekoliko centimetara i Annie je osjetila slabost u koljenima kakvu nije osjetila još od Alanova doba. Mogla je namirisati sok od naranče u njegovu dahu i odjednom joj se naranča učinila izrazito privlačnom i poželjela je kušati s njegovih usana. *Pobogu, počela sam gubiti razum!* Iznenada se ukorila.

"H-hvala Vam, gospodine Stone," procijedila je i odmakla se od njega.

Vratila se do stola i hitro sjela jer su joj koljena izdajnički klecala.

"Jesi li ti ostavila onaj kolač od mrkve na mom stolu?" upitao je dok je proučavao njeno lice.

Ona se smeteno osmijehnula, "Da. Počastila sam Sarah i sebe, pa sam odlučila i vama donijeti komadić. Nadam se kako nisam pogriješila?"

"To je veoma velikodušno od tebe. Hvala što si se i mene sjetila."

"Pa naravno. Nas troje smo sada tim."

Stone je zamišljeno pogledao, kao da mu nešto nije bilo jasno.

"Želim s tobom razgovarati o gospodinu Charlesu Morrowu," odjednom je rekao i nehajno se naslonio na ormarić, još uvijek previše blizu Annie.

"Što je s njim?" iznanađeno je pitala. Gospodin Morrow joj je bio iznimno drag i žarko mu je željela pomoći. Nije valjda da će joj narediti neka makne njegove radove iz galerije?

"Primjetio sam njegove slike i sviđaju mi se. Želio bih ugovoriti sastanak s njim kako bih vidio što još ima."

Annie je odahnula s olakšanjem, "Naravno, dat ću Vam sve potrebne informacije," oduševljeno je rekla, "Gospodin Morrow je stanovnik ovog grada već šezdeset i pet godina. Oženjen je i ima kćerku koja je trenutno na studiju u New Yorku. Otkrio je ljubav prema slikanju prije nekoliko godina, nakon odlaska u mirovinu, i moram priznati da pokazuje izniman talent."

"Slažem se," polako se odmaknuo od ormarića, zaobišao stol, te sjeo nasuprot nje, s druge strane stola.

"Gospodin Morrow ima neobičnu maštu i, kao što ste primjetili, njegove slike su pomalo fantasy art," nastavila je.

"Upravo zbog toga mi se i sviđaju," nasmiješio se.

"Nažalost, ne dijele svi vaše mišljenje," iskreno je rekla, "Popriličan broj naših posjetitelja se drže tradicionalne umjetnosti. Nešto što ne odskače previše."

"Da, dobio sam takav dojam," kimnuo je, "Galerija nije dovoljno reklamirana kako bi se dobila šira paleta posjetitelja. Pretpostavio sam da će to biti problem, stoga sam razmišljao o tome da njegov rad predstavim klijentima koji će to znati cijeniti."

"To bi bilo izvrsno," oduševljeno je uzvratila.

Stone se na trenutak zagledao u nju, zatim rekao, "Ugovori mi sastanak s gospodinom Morrowom," zadovoljno se nasmiješio i ustao, "Hvala ti, Annie, i na kolaču i na otkrivanju Morrowa."

"Nema na čemu," veselo mu je odgovorila.

Ono pozitivno razmišljanje od jutros se isplatilo, radosno je pomislila. Stone je bio ugodniji nego ikada do sada, i još je i pohvalio.

Prije nego je izašao, Stone se još jednom okrenuo, te upitao, "Kako je Larisa?"

"Oduševljena je s Bubbles," blago je odgovorila, "Ne prestaje pričati o njoj."

Stone se kratko nasmiješio, te nestao kroz vrata.

Annie je sa zadovoljstvom izvukla ručno napisan telefonski imenik u kojem je držala telefonske brojeve svih umjetnika koji su do tada izlagali svoja djela u galeriji, te potražila broj gospodina Morrowa.

Život je dobar.

~

Nakon što je Annie ugovorila sastanak s dragim i simpatičnim gospodinom Morrowom, otišla je u malenu improviziranu kuhinju koja se nalazila na dnu uskog hodnika pored njenog ureda, po drugu kavu tog dana.

Odjednom joj se u mislima pojavila scena Alana i nje na fakultetu kako ispijaju jutarnju kavu u obližnjoj kafeteriji. Na trenutak se iznenadila što je pomislila na njega – tako iznedada.

Nakon što je nestao iz njenog života, Annie je bila ogorčena zbog vlastite naivnosti zbog koje nije vidjela kakav je bio zaista. Morala je priznati da joj je to do temelja uzdrmalo povjerenje u način na koji je procjenjivala ljude.

Dugo nakon što je preboljela njegov odlazak nije se usuđivala upustiti u vezu s drugim muškarcem upravo zbog toga jer nije vjerovala u vlastitu prosudbu. Posebno je izbjegavala muškarce koji bi joj se svidjeli jer je bila uvjerena da je sama činjenica što su privukli njenu pažnju značilo da su zapravo bili loš izbor. Zatim je počela smatrati kako su veze postale previše komplicirane zbog vlastitog nepovjerenja i nesigurnost, a komplikacije nije željela ni za sebe ni za Larisu. Bile su sretnije same, nego s muškarcem koji bi im oboma slomio srce. Za vlastitu srcobolju je bila donekle i spremna oprostiti, ali ne i za Larisinu. Rastrgalo bi ju da je morala gledati tužan izraz na Larisinom licu zbog lošeg izbora, zbog čega je u potpunosti odustala od romantičnih veza.

Ali Annie je odjednom postala svjesna da se Stone zavukao upravo tamo gdje nije dopuštala drugim muškarcima – u Larisin život. Nije to željela, ali dogodilo se.

Smetalo je što ga je Larisa upoznala i što joj je darivao nešto toliko značajno kao kućnog ljubimca. Djeca su pamtila tako značajne događaje, a ljude koji su bili odgovorni za te ugodne uspomene su kovali u zvijezde i radili idole od njih. Nije joj se to sviđalo, pogotovo jer je Stone bio velika nesigurnost u njihovim životima. Po svemu sudeći, mogao joj je dati otkaz već sutra, i kakve je onda svrhe imalo to što se pokušavao uvući u nevino Larisino srce?

Annie se namrštila na vlastite msili.

“Nešto nije u redu?” progovoro je duboki glas iza nje.

Annie se prestrašeno trgnula i okrenula tolikom brzinom zbog koje je kava odlučila iz šalice prijeći na njenu najdražu haljinu.

Zbog tople tekućine na njenim prsima, naglo je uvukla zrak u pluća i zadržila ga tamo dok je šokirano gledala kako se smeđa mrlja na njenim prsima sve više širila.

Nakon nekoliko trenutaka, slomljeno je izdahnula, te odložila skoro praznu šalicu na pult. Srećom kava nije bila svježe pripremljana zbog čega nije bila kipuće vruća, nego samo topla.

“Hm,” Stone je promrmljao i zamišljeno je odmjerio, “Ta haljina zaista nema sreće danas. Šteta.”

“Užaš,” posramljeno je promrmljala gledajući mrlju na grudima, “Vjerojatno ćete o meni stvoriti najgore moguće mišljenje,” odjednom je ogorčeno rekla.

“Zašto to misliš?” znatiželjno je upitao.

“Od kad smo se upoznali uspjela sam se prikazati kao najveća šeprtlja. Nisam sigurna kako nakon svega ovoga možete zaključiti da sam imalo efikasna,” iz nje je progovorila iskrena zabrinutost za vlastiti posao.

“Ne nužno,” nasmiješio se.

“Užas,” ustrajala je.

"Ti si simpatična, Annie Green, a ne užasna," ispravio je, i na njeno iznenađenje, nestašno je namignuo kad je dodao, "A sad te moram izvući iz te haljine."

Šokirano je zurila u njega.

"Molim?" uzrujano je rekla.

"Pa ne možeš okolo hodati s takvom mrljom," pogledom je preletio preko njenih grudi i nasmijao se, "Idemo ti kupiti novu. Polazimo za deset minuta," naredio je, te izašao iz kuhinje.

Annieni obrazi su gorjeli. Bila je uvjerena kako je Stone igrao nekavu igru s njom, jer zašto bi u protivnom svaki put s njom razgovarao na način koji je beskrajno zbunjivao. Ljudi to nisu radili slučajno. Oh, ne! On ju je najmerno izbacivao iz takta! Ali zašto?

~

Pola sata kasnije Annie se nalazila u luksuznoj trgovini ženske odjeće, dok je Stone stajao pored nje i nadzirao njen izbor.

Nije joj se sviđalo što ju je dovukao u ovako skup dućan, jer nije voljela pretjerano trošiti novac na odjeću s obzirom na vlastiti budet. Ipak je morala nekako plaćati za kuću, hranu i sve ono što je trebalo osigurati Larisinu dobru budućnost kroz edukaciju i poticanje kvalitetnih hobija. Ali, Stone je toliko čvrsto nastupio da se Annie nije željela upustiti u konflikt s njim. Ne na današnji dan kad su ona i Sarah slavile pozitivan stav prema životu. Stoga je duboko udahnula i odlučila da će si ipak dopustiti ovaj, samo jedan, luksuz. Morat će negdje drugdje stegnuti pojas do kraja mjeseca.

Kad je posegnula za zagasito crvenom haljinom s bijelim cvijetnim uzorkom, Stone je odmahnuo glavom i odlučno rekao, "Ne, ne sviđa mi se ta boja."

Anneina ruka se zamrznula u pokretu, te se usmjerila prema vješalici na kojoj je bila bijela lepršava haljina s velikim ljubičastim orhidejama. Ali prije nego je uzela, Annie je letimično pogledala Stonea kako bi od njega dobila odobrenje. Kad je napokon kimnuo, posegnula je za haljinom.

"Pričekat ću ovdje," kratko je rekao i sjeo u fotelju u kutu.

Kad se Annie vratila odjevena u novu haljinu, koja je imala možda malo predubok dekolte, ali joj je lijepo prijanjala uz struk, zatim se lepršavo slijevala niz njene bokove do ispod koljena, Stone je još uvijek bio na istom mjestu.

Annie se sviđao mekani i lepršavi materijal, ali nije bila sigurna da je ova haljina bila ispravan izbor za posao koji je obavljala; bila je previše vesela i ležerna. A ona je smatrala kako je bilo bolje odijevati strožije krojeve za uredski posao. Ipak, s obzirom da je Stone odobrio samo ovu haljinu od svih za kojima je posegnula, morala je odjenuti.

Ako ništa drugo, onda čisto da mu udovolji.

Kad je stala ispred njega, nervozno je čekala njegovu reakciju.

Stonu je Annie počeo odmjeravati najprije od ljubičastih cipela s visokom petom (elegantne i ženstvene cipele su bile njezina jedina strast). Njegov pogled je polagano klizio uz njene gole noge, zbog čega joj je srce ubrzalo, pumpajući vrelu krv njenim žilama i šireći senzualnu toplinu njenim tijelom.

Kako je Stone polako podizao glavu, tako se njegov pogled uspinjao od njenih bedara preko trbuha koji je odjednom oživio kao da se u njemu nalazilo tisuće leptira, i zaustavio se na njenim grudima.

Annie je s mukom progutala, uhvaćena u grču nervoze. Prošlo je previše vremena od kad je svjedočila da je muškarac ovako gleda. Skoro je zaboravila da je bila žena od krvi i mesa, žena koja je imala potrebe i koja je bila strastvena i senzualna... Oh, Bože, zašto ju je baš Stone morao podsjetiti na to i suočiti je s onim što joj je nedostajalo u životu – strast... *Ne, ne! Ne razmišljaj o njemu na takav način!* Ukorila se.

Annie se nervozno, ali glasno zakašljala kako bi natjerala Stonea da preusmjeri pogled s njenih grudi na njeno lice, što je on i učinio.

"I što vam se čini?" drhtavo je upitala.

Stoneove, do maločas vrele oči, su se na trenutak stisnule, prije nego je odgovorio, "Vidio sam i bolje," iznenađujuće hladno je rekao, te ustao, "Ali nemamo vremena za daljnju potragu," dodao je, te se naglo okreno prema blagajni, "Ostavi haljinu na sebi. Druga ti je ionako uništena. Zamolit ću blagajnicu da ti skine etiketu."

Annie je zbunjeno gledala za njim. Nije joj bilo jasno zašto je odjenom postao tako hladan, jer mogla se zakleti da je vidjela vatru u njegovim očima dok je odmjeravao. Zar je umišjala?

Brzo je zatreptala nekoliko puta kako bi se trgnula, te požurila za njim.

Kad je stigla do pulta, shvatila je da je Stone već sve dogovorio s blagajnicom, jer je ova uzela škare, zaobišla blagajnu, stala iza Annie i otkinula etiketu s cijenom.

"Problem riješen," ljubazno je rekla djevojka.

"Hvala vam," odgovorila je Annie, te izvukla novčanik iz torbe.

"Oh, nebrinite se za to," odjednom ju je zaustavila blagajnica, "Gospodin Stone je riješio račun dok ste se odijevali."

Annie ju je smeteno pogledala, zatim je pogled usmjerila na Stoneovo bezizražajno lice, te promucala, "Hvala vam, zaista niste trebali..."

"Ne moraš mi se zahvaljivati," prekinuo je, zatim se okrenuo prema izlazu i dobacio joj preko ramena, "Iznos ću ti odbiti od plaće."

Annieina usta su se rastvorila od zaprepaštenja dok je zurila u njegova leđa, gledajući ga kako samouvjereno korača prema vratima. Pogled joj je zatim kliznuo prema prodavačici koja je nesvjeno napravila grimasu, čineć situaciju još neugodnijom za Annie.

"Oh!" promrmlja je osjećajući kako joj tijelo prožima bijes.

Ne, ne, nemoj mu dopustiti da u vjetar baciš sve što si sa Sarah gradila u zadnjih godinu dana, ukorila se dok je stiskala zube. *Ionako si mislila platiti za haljinju, stoga se zapravo ništa nije ni promjenilo,* podsjetila se. *Oh, ali način na koji je to izveo! Oh!* Ljutito je uzdahnula i zaputila se za njim.

Stone je nije sačekao kako bi zajedno prošetali do galerije koja je bila udaljena svega desetak metara.

Vidjevši da se on nije imao namjeru zaustaviti, Annie se brzim koracima uputila za njim i sustigla ga tek ispred galerije.

Kad je stala pored njega, Stone joj je otvorio vrata, te nehajno rekao, "Molim te reci gospođi McFee da ću sutra do kraja dana morati razgovarati s njom."

Annie je zastala na vratima i pogledala ga. Ovog trenutka se pribojavala. Zaista nije željela Sarah reći ovu uznemirujuću vijest danas, na njihov poseban dan, stoga je ubrzano rekla, "Mislim da sutra ne bi bila dobra ideja jer sam nam ugovorila sastanak s gospodinom Morrowom, i uz to moramo pregledati nekoliko umjetničkih djela za koja nisam sigurna hoćemo li ih zadržati u postavi – i tko zna do kad će sve to potrajati. Mislim da bi bilo najbolje sastati se sa Sarah prekosutra," predložila je, nadajući se da joj se neće nasmijati u lice zbog drskosti.

Međutim, Stone se mirno zagledao u nju, te odjednom rekao, "Sviđa mi se kad preuzmeš inicijativu. U redu, bit će kako kažeš."

Annie je u nevjerici zatreptala, jer nije očekivala da će se složiti s njom.

"U redu. Vidimo se sutra," rekao je i odmaknuo se od vrata.

"Oh, zar nećete ući?" smeteno je upitala, "Zar ste gotovi za danas?"

Stone se nasmijao, "Ne, naravno da nisam gotov. Samo zato što me ne vidiš da radim, to ne znači da zabušavam. Ali ako baš moraš znati, idem na poslovan ručak za koji sumnjam da bi se mogao rastegnuti, i stoga ne vjerujem da su se vratiti natrag prije zatvaranja," odgovorio je uz nestašan osmijeh, "Ovako se sklapaju poslovi, Annie Green," dobacio joj je i otišao niz ulicu.

4.

“Dobro jutro, Sarah,” pozdravila je Annie idućeg jutra dok je promatrala kako se Sarah gega preko velike dvorane, od ulaznih vrata do svojeg stola.

“Dobro jutro, draga moja,” uzvratila je Sarah, “Zar vani nije predivan dan?”

Annien pogled je kliznuo iza Sarah prema širokom izlogu s prozorskim staklom koji je dopuštao prolaznicima da s ulice vide u unutrašnjost galerije, kako bi ih slike na prednjim panoima potencijalno zaintrigirale da uđu.

Dok je gledala kroz izlog, Annie je primjetila da je nebo iznad grada bilo bez oblaka i činilo se da je jutarnje sunce već žarko sjalo.

“Zaista je predivan,” potvrdila je uz širok osmijeh, te je pročistila grlo, “Sarah, uskoro očekujem gospodina Morrowa. Molim te, pozivi me kad stigne.”

“Naravno,” odsutno je odgovorila Sarah dok je skidala žarko crvenu jaknu sakoa kako bi je objesila preko naslona stolice za svojim stolom/recepcijom. Kad je završila, podignula je glavu i pogledala Annie kao da je na trenutak bila zbunjena, a onda se sjetila o čemu su razgovarale, "Gospodin Morrow je divan čovjek, samo nisam baš ljubitelj onih njegovih slika," iskreno je rekla, "Malo su previše mračne."

Annie se nasmiješila i objasnila, "To je zbog toga što gospodin Morrow voli slikati fantasy art, koja najčešće i jest pomalo mračna, ali ne smijemo zanemariti da je on veoma talentiran umjetnik i da se vani nalazi cijela generacija ljudi koji vole takvu vrstu umjetnosti."

"Oh," uzdahnula je Sarah, te slegnula ramenima, "Nije to za mene. To je za mlade ljude. Ali upravo zbog toga me čudi što muškarac u odmaklim godinama kao što je gospodin Morrow voli takve stvari."

Annie se opet široko osmijehnula, "Samo me pozovi kad stigne," rekla je ne želeći ju nastaviti razuvjeravati u vezu Morrowog umjetničkog stila. Zatim je dodala, "Na sastanku će biti i gospodin Stone."

"Oh," Sarah je zabrinuto pogledala Annie i stresla se, "Od njega me prolaze trnci."

"Tebi i svima koji ga upoznaju," rekla je Annie uz osmjeh i uputila se prema uredu.

~

Dvadeset minuta kasnije, zazvonio je telefon na Anneinon stolu, "Galerija Amor. Kako vam mogu pomoći?" zacvrkutala je u slušalicu.

"Annie," progovorio je Sarahin glas s druge strane, "Stigao je gospodin Morrow."

"Izvrsno. Reci mu da odmah dolazim," rekla je, te poklopila, zatim je pogledala na sat. Uranio je desetak minuta, što je bilo odlično. Nadala se da će Morrow stići prije Stonea kako bi imala priliku malo s njim nasamo porazgovarati.

Duboko je udahnula i polako ustala. Poravnala je tamno-modru suknju strogog kroja koja joj je dozesala do koljena, te pogladila svijetlo-sivu bluzu – jedinu koju je uspjela pronaći u ormaru da je imala donekle dublji dekolte.

Iako ju je Stone jučer naljutio svojim ponašanjem, sinoć je samoj sebi morala priznati da joj se svidio način na koji je odmjeravao i željela je ponovno uživati u vatri u njegovim očima. To je bila tako ugodna promjena da se nadala da će danas ponovno izmamiti nekoliko njegovih vrelih pogleda.

S rastućom strepnjom, uputila se prema sali.

Gospodin Morrow je bio visok i otmjen muškarac u kasnim šezdesetim godinama, odjeven u tamno-sivo odijelo. Njegova još uvijek crna kosa je bila prošarana sijedim vlasima samo na slijepoočnicama, dajući mu dostojanstven izgled. Zapravo je izgledao bar deset godina mlađe, zaključila je. Pogledao je Annie toplim smeđim očima dok mu je prilazila, te se široko osmjehnuo.

Annie je bila zadovoljna njegovim otmjenim izgledom jer je imala osjećaj kako bi to moglo biti izrazito važno za procijenjivača kakav je bio Stone.

Veselo mu se osmjehnula, te mu pružila ruku.

"Drago mi je što vas ponovno vidim," srdačno ga je pozdravila.

"Nemate pojma koliko ste me razveselili jučerašnjim pozivom, gospođice Green," uzbuđeno je rekao sa sjajem u bademastim očima.

"I meni je izrazito drago što se novi vlasnik zainteresirao za vas, jer od prvog dana sam velika obožavateljica vašeg rada," iskreno je rekla.

On se smeteno nasmiješio, "Da, sjećam se koliko ste se divili mojim slikama kad sam ih prvi put donio ovdje. I hvala vam na vašoj podršci od samog početka, jer bez vaše pomoći ih možda nikada ne bi ni izložio. Lijepo je znati da netko vjeruje u mene i moj rad."

"Lako je imati povjerenje u talent kakav vi pokazujete," odvratila je.

Morrown se na trenutak smeo zbog njenih komplimenata, a njegovo unutarnje zadovoljstvo se jasno ocrtavalo na njegovom iskrenom licu.

"Gospodin Stone je izrazio želju upoznati vas i uskoro će nam se pridružiti. Nadam se da je to što držite, portfolijo svih vaših radova?" upitala je gledajući u fasciklu koju je čvrsto stezao u rukama.

"Da," odgovorio je s vidljivom nervozom.

"Izvrsno. Smijem li malo pogledati?" nježno je upitala.

"Naravno. Bila bi mi čast," ubrzano je odgovorio i pružio joj fasciklu.

"Dok čekamo gospodina Stonea, želite li možda kavu, čaj ili sok? Poslat ću Sarah u kuhinju."

Morrow se nakratko okrenuo prema Sarah, koja je sjedila za svojim stolom i promatrala ih, kako bi joj uputi ljubazan osmijeh, a onda je opet pogledao Annie kao da se ispričava, te rekao, "Da budem sasvim iskren, gospođice Green, toliko sam nervozan da nisam žedan," smeteno se nasmiješio. Annie mu je uzvratila nježnim osmijehom dok je on nastavio objašnjavati, "Nikad u životu nisam bio ovoliko nervozan, a nekoć sam imao vlastitu, malenu građevinsku firmu. Valjda činjenica što sam slučajno otkrio ljubav prema slikanju tako kasno u životu, me natjerala da ne budem pretjerano samopouzdan po tom pitanju. Pogotovo kad se uzme u obzir stil kojeg sam odbrao i za koji moji vršnjaci kažu da je budalast za moje godine. Možda oni od mene očekuju nešto ozbiljnije, ali ne mogu protiv sebe."

"Umjetnost nema nikakve veze s godinama, gospodine Morrow. Talent netko ili ima ili nema, i nije važno kad je otkriven," uvjeravala ga je Annie. "A što se tiče stilskog izbora, najvažnije je da slikate ono što volite."

Zahvalno joj se osmijehnuo, "Vjerujem da ste u pravu."

Annie je spustila pogled na fasciklu i otvorila je kako bi nakratko pogledala njegove radove prije nego se Stone pojavi. Slike su prikazivale staromodne dvorce okupane maglom u paletama ljubičastih i plavih boja i nijansama koje je Annie vidjela samo u svojim najmagičnijim snovima, koje nije sanjala onoliko često koliko je željela. Zatim sanjive ledine iza kojih su se uzdizali snažni planinski vrhovi. Što se Annie ticalo, slike su bile prekrasne, a kombinacije dubokih boja, koje je Morrow preferirao, su joj oduzimale dah. Iskreno se nadala da će se Stoneu svidjeti, jer je željela vidjeti Morrowov uspjeh.

Annie je začula kako se ulazna vrata otvaraju zbog čega je podigla glavu, ali odmah se i namrštila. Stone je stajao na ulazu i snažnom muževnom rukom je pridržavao vrata visokoj i vitkoj vamp plavuši koja mu se zahvalno nasmiješila.

Nešto je bilo intimno u tom osmijehu, zaključila je Annie i nelagodno se promeškoljila. *Toliko o tome da ću izvući vrele poglede od njega,* ogorčeno je pomislila. Nije joj rekao da će sa sobom dovesti još nekoga na ovaj sastanak. Je li ova žena bila razlog zašto je jučer nestao u pola dana, pod izgovorom da mora raditi – daleko od Anneinih očiju? Tko zna što je zapravo 'radio'?

Plavuša se lagano nagnula prema Stoneu i nešto mu rekla, što je izazvalo njegov osmijeh. Zatim su se uputili prema malenoj skupini koja se sastojala od

Annie, gospodina Morrowa i Sarah koji su sa zanimanjem promatrali zgodan par koji im je prilazio.

Plavuša je na stopalima imala senzualne crne salonke, vrtoglavo visokih potpetica, zbog koji je bila samo nekoliko centimetara manja od Stonea, za kojeg je Annie vjerovala da je bio visok otprilike metar devedeset. Plavuša je također imala nejverojatno duge i elegantne noge koje je ponosno pokazivala odijenuvši svijetlo-plavu suknju do sredine bedara. A lagani proljetni nježno-rozi džemper je jasno ocrtavao njen uzak struk i bujne grudi.

Annie je s mukom morala priznati da je plavuša savršeno pristajala uz Stoneovo visoko i snažno tijelo. A kontrast između njegove tamne kose i maslinaste puti, te njene svijetle kose i ružičste puti, ih je činio dodatno zanimljivim.

Proučavajući gustu plavušinu kosu koja joj je u slapovima padala niz leđa i senzualno uokvirivala srcoliko lice, Annie je nesvjesno zagladila svoju kosu podignutu u visoki strogi rep. *Možda bi je trebala početi nositi spuštenu?*

Shvativši gdje su joj misli odlutale, Annie se trgnula i nabacila osmijeh dobrodošlice u trenutku kad su se oni zaustavili ispred nje.

"Vidim, svi ste prisutni," progovorio je Stone bezizražajnim glasom.

"Dobro jutro, gospodine Stone," odvratila je Annie tonom za koji se nadala da je bio jednako bezizražajan, ali je sumnjala u to, "Dopustite da vam predstavim gospodina Morrowa," dodala je, te se okrenula k Morrowu s ljubaznim osmijehom.

"Gosodine Stone," s pomalo drhtavim glasom je rekao Morrow, nakon čega su se kratko rukovali dok ga je Stone proučavao stisnutih zelenih očiju, skrivajući misli u sjenama koje su stvarale njegove tamne trepavice.

Iako je Morrow bio stariji, iz nekog razloga Stone je izgledao kao muškarac s više iskustva, i definitivno više samokontrole. Morrowa nervoza se jasno ocrtavala u njegovom drhtavom osmijehu. Annie je zbog njegove reakcije zaključila kako je ovaj susret morao biti izrazito važan za Morrowa. *Samo da mu Stone ne uništi snove,* pomislila je.

"Gospodine Morrow, uvjeravam vas da je čast u potpunosti moja," rekao je Stone šarmantnim glasom, "Ovo je Jane Atkins, stručnjakinja za umjetnine i moja dugogodišnja prijateljica, koja mi je ponudila svoje usluge u procjeni vaših radova."

Annie je mogla osjetiti kako se energija oko Morrowa zamrznula na ovu vijest.

Jane je sve prisutne počastila širokim osmijehom, dok se Annie pitala jesu li oni zaista bili samo prijatelji? Postojala je mnogo intimnija aura oko njih koja je upućivala na više od samoga prijateljstva.

"Izvolite do mog ureda," rekao je Stone i krenuo prema stražnjim prostorijama. I svi, osim Sarah, su ga tiho slijedili.

Dok su išli hodnikom iza Stonea u koloni po jedan, Jane je odjednom usporila, propustila Morrowa ispred sebe, te je stala pored Annie i koračala zajedno s njom, dok ju je netremice promatrala.

Annie joj se nervozno osmijehnula.

"Znači ti si Annie Green," iznenada je rekla.

"Da," Annie je potvrdila. *Tko zna što joj je Stone pričao o meni?*

Jane se procijenjivački zagledala u nju, te promrmljala, "Napokon te pronašao."

"Molim?"

"Oh, ništa. Ne obaziri se na mene," odjednom je rekla i ubrzala.

Annie je šokirano zastala, jer joj nije bilo jasno zašto joj je Jane servirala takav komentar. Zar ju je Stone tražio? Ali zašto? Ona ga nikad prije nije upoznala, ne dok nije došao u ovu galeriju. I u tom slučaju, zašto bi on tražio nekoga koga nije poznavao? Što je Jane izvodila? Zar ju je namjerno željela zbuniti igrajući nekakvu igru?

~

Stone je odvažnim koracima zaobišao radni stol u svom uredu, te se udobno smjestio u crnu fotelju. Jane je stala s njegove desne strane i ležerno se naslonila na naslon fotelje pored njegove glave, predstavljajući njegovu desnu ruku.

Zajedno su zaista tvorili moćan par.

Stone je pogledao gospodina Morrowa, ispružio ruku prema stolici na suprotnoj strani stola, te ponudio, "Izvolite sjesti."

Dok se Morrow smještao, Annie se osvrnula, nelagodno svjesna kako će morati stajati na nogama. Zatim se pomaknula u kut između vrata i velikog ormara s policama koje su sadržavale razne registratore, fascikle, te knjige o umjetnosti, jer nije željela stajati nasred prostorije kao kakva ukočena sobna lampa, zbog čega se u kutu osjećala puno opuštenije, dok su ostali zapravo ignorirali njenu prisutnost.

"Hm," odjednom je promrmljao Stone i namrštio se gledajući Morrowa, "Mislio sam kako vam je Annie rekla da ponesete portfolijo s vašim radova, ali vidim da su vam ruke prazne."

Annie je odjednom poskočila shvativši da je ona još uvijek držala fascikl.

"Oh, ispričavam se," ubrzano je rekla, "Kod mene je."

Prišla je k stolu i pružila mapu prema Stoneu uz ispričavajući osmijeh. On ju je netremice promatrao dok je uzimao portflio, te ga položio na stol i rastvorio.

Jane se nagnula preko Stonea i Annie je jasno vidjela kako su se njene grudi zgnječile o njegovo rame. Anneine obrve su iznenađeno poskočile kad je shvatila da se Stone nije niti lecnuo zbog tako intimnog dodira.

Oboje, Jane i Stone, su se udubili u proučavanje fotografija, listajući bez riječi, zadržavajući se na nekim slikama duže, na nekim manje.

Morrow je nervozno podigao pogled prema Annie, koja je još uvijek stajala pored njega, i ona mu se ohrarujuće nasmiješila. Ali istina je bila da se bojala da bi ovo dvoje hladnih poduzetnika mogli olako uništiti njegov san.

Nije svatko glatko podnosio prijelaz u mirovinu. S obzirom koliko mu je ovo bilo važno, Annie se pitala je li Morrow započeo slikati jer možda nije mogao podnijeti da ne radi?

Jane se napokon polako uspravila i nabacila hladan osmijeh na lice zbog kojeg je Annie zadrhtjela. Mogla je samo zamisliti što je taj hladan osmijeh radio Morrowim uznemirenim živcima.

"Zanimljivo," progovorio je Stone prvi.

"Sviđaju li vam se?" nestrpljivo je upitao Morrow. Vjerojatno ga je izluđivalo njihovo odugovlačenje.

"Sviđa mi se izbor boja koje koristite i kontrast među njima," ubacila se Jane.

"To sam i ja pomislila kad sam ih prvi put vidjela," Annie se pokušala uključiti u razgovor, ali je njen upad izazvao mrštenje kod oboje, i Jane i Stonea.

Annie je tiho uzdahnula kad su oni ponovno spustili poglede na fasciklu.

"Ovdje definitivno ima nekoliko radova koje bih mogao upotrijebiti," rekao je Stone, zatvorio mapu i pogledao Morrowa. “Smijem li zadržati ovaj portfolijo? Imate li kopiju za sebe?”

“Da, naravno,” odgovorio je Morrow stiskajući ruke čvrsto u krilu.

Stone se polako naslonio u naslonjač stolice i rekao, “Uskoro ću ići u New York jer moram obaviti nekoliko poslovnih sastanaka i, kad sam već tamo, želio bih se sastati sa svojim marketinškim timom kako bismo razradili reklamnu kampanju za nadolazeću izložbu. Također, izložbu želim pretvoriti u proslavu službenog preuzimanja kako bi javnost postala svjesna da se moje ime sada nalazi iza galerije Amor,” zastao je i zamišljeno se namrštio, “Možda promijenim ime galeije, ali to ću još vidjeti,” promrmljao je, zatim se opet fokusirao na Morrowa, “To su pojedinosti koje vas ne zanimaju,” suho je rekao, te ustao, “Ali ono što će vas obradovati jest to da definitivno želim izložiti vaša djela.”

Morrow je odmah skočio na noge.

“Oh, to su izvrsne vijesti,” uzbuđeno je rekao dok se Annieno srce nadimalo od sreće.

Odahnula je jer Stone ipak nije uništio snove ovog dragog čovjeka. I ne samo to, činilo se kako je Stone odlučio proslaviti Morrowa dijela na način na koji nije očekivala.

Annie se široko osmijehnula.

“Kad se vratim iz New Yorka, ponovno ćemo se sastati kako bih vam rekao koje slike sam odabrao za izložbu, te kako bi smo se dogovorili o postotku od prodaje i u konačnici potpisali ugovor," Stone je objašnjavao dok je stajao na nogama iza stola. Njegovo visoko tijelo je skoro zaklonilo cijeli prozor koji se nalazio iza njegovih širokih ramena. Jane je ukočeno stajala pored njega s ozbiljnim izrazom na putenom licu. Annie ih je veoma lako mogla zamisliti kako vode ljubav. Bili su tako savršeni jedno za drugo. Pomisao je odjednom izazvala iznenađujuću bol.

Stone je pružio ruku prema Morrowu koji ju je prihvatio, te rekao, "Javit ću vam se kad se vratim iz New Yorka. I hvala što ste danas došli na sastanak."

"Oh, ne, hvala vama. Zadovoljstvo je isključivo moje," odvratio je Morrow pomalo piskutavim glasom, te se okrenuo prema Annie i široko se osmijehnuo.

"Ispratit ću vas," rekla je Annie, položila ruku na njegovo rame i povela ga prema vratima.

Kad su izašli na hodnik, i kad je Annie zatvorila vrata Stoneovog ureda, Morrow je odjednom uzbuđeno uzviknuo, "Tako sam sretan!"

Annie mu se osmijehnula i veselo rekla, "A sad morate proslaviti s gospođom Morrow ove divne vijesti."

"Oh, i ne samo s njom," uskliknuo je, "Moram pozvati sve svoje prijatelje i članove obitelji, posebice one koji nisu vjerovali u mene, kako bih im dokazao koliko su bili u krivu," uzbuđeno je govorio dok je koračao niz hodnik do sale.

“Važno je da ste unatoč tome vjerovali u sebe,” istaknula je Annie.

On je pogledao i lagano uzdahnuo, “Nije uvijek bilo lako. Vjerovati u sebe kad nitko drugi ne vjeruje, je kao borba s vjetrenjačama.”

Annie je potpuno razumjela što je pod tim mislio. Sjetila se svoje majke i njene reakcije kad joj je rekla da je trudna i da je Alan zbrisao.

Njena majka, ili Bethany kako je uvijek tražila od Annie da je zove, je bila izvan sebe od bijesa. Ali ne na Alana, kojeg se ionako nikad nije potrudila upoznati, nego na Annie.

Bethany je bila uspješna žena u modnom svijetu. Imala je lanac trgovina koje su isključivo prodavale njen brand 'Natural Beauty' s kojim se proslavila malo prije nego je zatrudnjela s Annie.

Annie je uvijek imala osjećaj kako Bethany zapravo nije željela imati djecu, ali eto, dogodilo se.

Bethany je bila uspješna upravo zbog činjenice što je bila hladna i Annie je sumnjala kako vjerojatno nije bila sposobna za duboke emocije sudeći po načinu kako se s lakoćom riješavala ljudi u svom životu, uključujući i Annie.

Annnein otac, Chris, je preminuo od srčanog udara kad je Annie bilo sedamnaest godina, i tada je izgubila jedinog saveznika i jedinu osobu koja je vjerovala u nju.

Bethany je oduvijek optuživala Annie da je pretjerano emotivna i osjetljiva, i da će joj to uništiti život. I upravo zbog toga ju je Bethany izgrdjela kad je saznala za trudnoću. Provela je dane nagovarajući Annie da pobaci, govoreći joj kako će biti katastrofalna majka. *Majke ne smiju biti slabići, a ti si najveći slabić kojeg poznajem,* govorila joj je Bethany,

Na kraju, kad više nije mogla podnijeti pritisak, Annie je odlučila kako je došlo vrijeme da napusti New York. Nije željela ostati u gradu gdje bi mogla naletjeti na Bethany ili Alana koji su bili protiv toga da ona bude majka, bez obzira koliko velik bio taj grad.

U trenutku kad je odlučila napustiti New York, Annie je srećom imala poveću ušteđevinu, jer je u majčinoj frimi do tada igrala ulogu njezine desne ruke. Annie je doselila u Stamford, kupila kuću (uz bankovnu pomoć), te se uzdržavala s novcem od uštede dok Larisa nije napunila prvu godinu, skoro u isto vrijeme kad se ušteđevina iscijedila. Nakon toga je potražila zaposlenje i bila je presretna kad je upoznala Olsenove koji su promijenili njen život i dali joj prvi posao koji je zapravo voljela obavljati.

Pogledala je ožareno lice gospodina Morrowa kad su stigli do sale, te je rekla, "Na poslijetku ste ipak uspjeli. Sve ta vjera u sebe se zaista isplatila."

"Ne bih moga uspjeti bez vas," zahvalno joj se osmijehnuo, "Hvala vam na tome."

"To mi je posao," odvratila je, te dodala uz širok osmijeh, "koji me iznimno usreći u ovakvim situacijama."

Kad su došli do recepcije, Sarah joj se ozbiljnim tonom obratila spuštajući telefonsku slušalicu, "Gospodin Stone želi da se odmah vratiš u njegov ured, Annie. Joj, kako je taj čovjek strog. Svaki put se naježim kad mu čujem glas."

Annie nije bilo drago što je Stone zahtjevao njenu prisutnost dok je tamo bila i Jane. Bilo joj je dovoljno i same Stoneove hladnoće, a s njima dvoje u prostoriji se osjećala kao da će morati ući u zamrzivač.

"Idem odmah," usiljeno je rekla, "Molim te isprati gospodina Morrowa," dodala je, te mu se još jednom nasmiješila dok je govorila, "Čut ćemo se uskoro."

~

Annie je zastala pred vratima, duboko udahnula, te kratko pokucala.

Ušla je tek nakon što je čula Stoneov poziv.

Oni su još uvijek bili na istim mjestima. Stone je sjedio, dok je Jane stajala pored njega i pomno ju proučavala izrazito dubokim modrim očima. Annie se opet pitala što joj je značio onaj komentar da ju je Stone napokon pronašao. Kako veoma čudno.

"Sjedni, Annie," ponudio je.

Kad se smjestila, osjećajući se nelagodno zbog njihovih neumoljivih pogleda, čvrsto je ispreplela prste u krilu.

"Uz Janein savijet, donio sam odluku kako najbolje testirati tvoju efikasnost."

Anneino gro se stegnulo.

"Odlučili smo uz gospodina Morrowa predstaviti javnosti još jednog umjetnika na svečanoj izložbi. I tvoja dužnost je pronaći nekoga čija će nam se dijela svidjeti dovoljno da njega ili nju uključimo u ovaj projekt."

Annie nije znala što reći. Presudni trenutak je napokon došao, trenutak konačnog testa. Pogledala je dvoje bezizražajnih lica kako je proučavaju. *Pobogu, kako bih trebala znati na što su se ovo dvoje oduševljavali? Možda bi bilo pametno pronaći nešto slično Morrowom stilu?* Razmišljala je.

"Dijela moraju biti totalna suprotnost Morrowim," progovorio je Stone kao da joj je nekim čudom pročitao misli i otrgnuo od nje jedinu slamku koju je uspjela pronaći. Stone je nastavio objašnjavati, "Pronađi nam nešto modernije, kako bismo na toj izložbi prikazali kontrast između sna i jave, s tim da će Morrowa dijela predstavljati san."

"Razumijem," odvratila je Annie, "Mislim da je ideja izvrsna."

I zaista je to iskreno mislila, ali nije bila uvjerena hoće li moći pronaći ono što je on želio. Ovdje nije bio problem njenog povjerenja u vastite sposobnosti, nego nepovjerenje prema Stoneovim nepredvidljivim reakcijama, a problem je i bio što Annie nije imala pojma što je on želio.

Međutim ovo je – napokon – bila prva i prava šansa da ga oduševi svojom profesionalnošću – uz uvijet da ovu priliku mudro iskoristi.

"Također želim da u idućih mjesec dana pronađeš pet novih slikara i pet novih kupaca za njihova djela. Predlažem da se odmah baciš na posao jer nisam siguran kada će izložba biti," hladno je rekao, "Možda tjedan dana nakon što se vratim iz New Yorka, možda tri tjedna," usne su mu se iskrivile u arogantan osmijeh, "Još nisam ni odlučio kad ću ići u New York."

Jane ga je povjerenički pogledala i nasmiješila mu se. Annie nije željela niti pokušati pretpostaviti što je taj osmijeh kojeg su izmjenili trebalo značiti. Samo je znala da se nešto čudno zbivalo među njima. I imala je nejasan osjećaj da je ona bila dio toga.

5.

Prošla su tri dana od kako joj je Sone dao zadatak. U tom vremenskom periodu, Annie je uspjela pronaći troje ljudi za čije je slike pomislila kako su upravo ono što im je trebalo za izložbu, međutim Stone ih je odbacio, ni ne trepnuvši. Kad ga je pitala što je točno tražio, kratko joj je odgovorio, "Znat ću kad vidim."

Annie je tvrdoglavo odmahnula glavom prisjećajući se trenutka kad joj je to rekao.

Okrenula je ključ u bravi i još jednom provirila kroz izlog galerije kako bi se uvjerila da su ispravna svijetla (ona u izlogu) bila upaljena, a ostala ugašena.

Stonea zapravo i nije mnogo viđala u protekla tri dana. Pojavio se samo nakratko, dva puta. I oba puta mu je priljepak bila Jane. Činilo se kako su njih dvoje jako mnogo vremena provodili skupa i Annie se našla pomalo ljubomornom. Ne zbog količine vremena koju su bili zajedno, nego zbog ljubaznog načina na koji se on odnosio prema Jane.

Sarah je u međuvremenu uspjela saznati da je Jane odsjela u hotelu nedaleko od galerije i navodno se u New York trebala vratiti zajedno sa Stoneom.

Annie se još uvijek sumnjičavo pitala kakva je bila stvarna narav njihove veze, a Janein čudan komentar da ju je Stone tražio još uvijek je odzvanjao u njenoj glavi, stvarajući kaos. Međutim, od kad joj je Jane to rekla, Annie nije uspjela saznati ništa više u vezi toga.

Skrenula je iza zgrade i uputila se prema malom parkingu. Pogled joj je kliznuo preko vrhova zgrada na vedro nebo gdje je sunce još uvijek bilo visoko i grijalo je jače iz dana u dan. Letimično je pogledala na sat na mobitelu i vidjela da je bilo pet i trideset, što je značilo da će stići na vrijeme kako bi pokupila Larisu iz škole.

Kad se zaustavila pored svog automobila izvukla je ključ iz torbe i zapitala se bi li joj Stone dao preporuku za novi posao? Ako bi i pristao na to, tko zna kako bi ta preporuka glasila? Vjerojatno poprilično hladno, što bi kod novog poslodavca možda izazvalo sumnjičavost. A nije joj trebala takva vrsta komplikacije.

Uzdahnula je. *Smiri svoj anksiozni mozak,* upozorila se. Dosadašnja iskustva i činjenica da se morala brinuti sama za sebe i Larisu, bez ičije pomoći, učinili su je sklonom anksioznošću, i činilo se kako se stanje pogoršavalo iz godine u godinu, pogotovo kako je Larisa postajala starija. Odrastala je brže nego što je Annie bila spremna na to.

Nakon što se auto pokrenulo, zazvonio je mobitel kojeg je trenutak prije bacila na suvozačevo sjedište. Brzo je pogledala na ekran i ugledala ime *Bethany.*

Glasno je otpuhula i zakolutala očima. Što ona sad hoće? Nisu se čule već mjesecima i bez obzira koliko je Annie željela imati prisan odnos s majkom, odavno se morala pomiriti s bolnom činjenicom da se to nikad neće ostvariti.

Prisjetila se kako je Bethany na neugodan način zahtjevala od nje da pobaci. I kad je Annie to odbila, Bethany nije s njom razgovarala tri godine. Tri godine! A kad je napokon podigla slušalicu i nazvala Annie, to je bilo zbog posla. Bethany je uvodila promjene u firmi i kako je Annie još uvijek bila dio presjedajućeg odbora, Bethany je od nje morala zatražiti suglasnost u vezi promjena. Annie se odmah složila sa svime, jer se nije željela prepirati. A s druge strane, nije ju više bila ni briga. Davno se prestala emocionalno ulagati u Bethanynu firmu.

Bethany je nakon toga pozvala nju i Larisu da provedu Božić kod nje u New Yorku, što je Annie greškom prihvatila – zbog Larise, ali i zbog naivne nade da bi možda mogla popraviti odnos s majkom.

Larisa je tada imala jedva tri godine i Bethany nije imala strpljenja za njene djetinjarije, zbog čega je Larisa više od jednom oplakala tijekom posjete. Od tada Larisa nije voljela provoditi vrijeme s bakom Bethany, bez obzira koliko su zapravo malo vremena provele u zadnjih šest godina.

Annie je mrzovoljno pritisnula tipku za razglas dok je stavljala mobitel na upravljačku ploču i javila se, "Molim?"

"Annie, dušo, kako si?" s hladnom ljubaznošću je pozdravio majčin glas.

Možda me odrastanje uz ovakvu majku učinilo preosjetljivom na hladnoću?

"Dobro sam, hvala na pitanju. Sušaj, znam da već duže nismo razgovarale, ali sada zaista nije zgodno vrijeme. Vozim. Idem po Larisu."

"Glupost!" odbrusila je Bethany, "Sasvim sam uvjerena da možeš odvojiti malo vremena za mene."

Annie je duboko uzdahnula.

"Što ti treba ovaj put?"

"Dušo, želim da se zakonski odrečeš svojih dionica u mojoj firmi," bez okolišavanje je rekla.

"Molim?" Annie se skoro zagrcnula zrakom zbog majčine brutalne otvorenosti.

"Nema smisla nastavljati ovu igru. Mene tvoj dio koči u donošenju velikih poslovnih odluka, a obje dobro znamo da tebe ionako nije briga."

"To je istina, ali mogla si pronaći malo ljepši način kako bi započela takvu temu."

"Nemam vremena za okolišavanje, ni za tvoju preosjetljivost. Molim te dođi što prije u New York kako bismo to riješile."

Annie je čvrsto stisnula zube.

"Ne mogu sad tek tako sve ostaviti i doći," usprotivila se.

"U redu, povedi i malu."

"Nije Larisa problem."

"Nije?" iznenađeno je rekla Bethany, zatim je promrmljala, "Nego što onda?"

Iako joj Annie nije voljela objašnjavati pojedinosti iz svog života, ipak je rekla, "Galeriju u kojoj radim je preuzeo novi vlasnik i sad sam na procijeni, zbog čega ne mogu tek tako uzeti slobodne dane i nestati. Preda mnom je veliki zadatak koji moram hitno obaviti."

"Glupost," Bethany se opet usprotivila, "Sigurna sam da ako bi mu lijepo objasnila o čemu je riječ, da bi on imao razumijevanja i učinio bi ispravnu stvar."

"Bi li ti razumijela da se početnik u tvojoj firmi pojavi s istom takvom pričom?" ubacila se Annie.

Bethany je bila oličenje dvostrukog standarda i sve je uvijek moralo ići u njen prilog. Međutim ovaj put je samo mrzovoljno rekla, "Hm."

"Zvučiš kao Stone," promrmljala je Annie.

"Stone? Luke Stone?" iznenađeno je upitala Bethany.

"Pretpostavljam da si čula za njega. Da, on je novi vlasnik galerije."

"Molim!?" Bethany je zvučala iskreno iznenađenom, "Što će njemu jedna neugledna galerija?"

"To sam se i ja pitala. Strašan je. Nemilosrdan, sebičan..."

Bethany ju je odjednom prekinula, "Sebičan? O čemu ti pričaš? Stone je jedan od najdarežljivijih ljudi koje sam ikada upoznala. Borio se za više ljudskih prava nego što ćes ti u deset života. Postidio bi i samog Ghandia s brojem dobrotvornih organizacija s kojima je povezan. Većinu novca što zaradi, samo proslijedi onima kojima je istinski potrebna pomoć. Posebice sirotištima."

Annieina vilica je pala od šoka.

"Mislim da ne govorimo o istom Luku Stoneu."

"Vlasnik Stone Engeniering carstva?"

"Da."

"Onda je isti."

"Ali nikad nisam čula o toj strani njegove osobnosti."

"To je zato što samo njegovi najbliži suradnici znaju za to."

"A kako si ti upala u taj krug?"

"Dušo, ja se nalazim u svim krugovima."

Annie je zakolutala očima.

"Mama, iako je tema krajnje zanimljiva, moram ići. Evo me ispred Larisine škole i ona već nestrpljivo poskakiva na pločniku."

"U redu. Nazvat ću te ponovno za koji dan jer moramo nekako riješiti pitanje tvog udjela u mojoj firmi. Pošalji Larisi moje pozdrave."

Anneino srce se stisnulo. Da je bila prava baka, zatražila bi da se čuje s Larisom, ali to nije zanimalo Bethany. Ona je cijenila samo one odnose od kojih je imala korist. A što se ticalo njenih hvalospjeha u vez Stonea, Annie je bila krajnje sumnjičava. Sumnjala je kako je Bethany sigurno i od njega imala nekakvu, vjerojatno veliku, korist kad je tako lijepo o njemu govorila. Vjerojatno ga je cijenila jer su oboje bili isti: profesionalci sa stijenom umjesto srca.

~

Tu večer, Annie je upravo stavljala Larisu na spavanje kad se oglasilo zvono na vratima. "Tko bi sad mogao biti?" promrmljala je, a Larisa je iskoristila trenutak njene nepažnje i odmah iskočila iz kreveta.

"Jupi, ne moram još na spavanje!" uskliknula je dok je skakutala po krevetu.

Annie se zagleda u njene ružičaste obraze, te se nasmiješila, ali je ipak čvrsto rekla, "Ovo ništa ne mijenja. Vraćaj se pod pokrivač."

Dok je prolazila pored visokog, ali uskog zrcala u hodniku, Annie je na trenutak zastala kako bi provjerila da nije bila u prevelikom neredu.

Svijetlo-smeđa kosa joj je još uvijek bila podignuta u visoki rep, ali na kraju dana to više nije bila strogo zategnuta frizura jer su joj se pojedini uvojci prirodno kovrčave kose izvukli i nježno joj uokvirivali lice.

Šminku je skinula onaj tren kad je stigla kući tako da joj je lice izgledalo čisto i mekano, bez strogih linija olovke za oči i teškog sjenila. Nije pretjerano voljela šminkanje, ali nije se baš mogla pojavljivati na odlučnoj poziciji voditeljice izgledajući kao strašilo. Ipak je trgovala umjetninama, pa je donekle i sama trebala lijepo izgledati.

Iako se nije doživljavala ljepoticom, Annie je smatrala kako je njen izgled ipak bio ugodan oku – kad bi se potrudila, što sad nije bio slučaj.

Spustila je pogled niže. Bila je odjevena u svijetlosive hlače od trenerke i veliku bijelu lanenu košulju.

Zvono se oglasilo po drugi put tjerajući je da se pokrene.

Kad je otvorila vrata, iznenadila se ugledavši vedro Stoneovo lice.

"Oh," iznenađeno je promrmljala, "Što vi radite ovdje? Je li sve u redu?"

"Naravno. Bilo mi je dosadno, pa sam odlučio vidjeti što ti i Larisa radite," mirno je odgovorio uz šarmantan osmijeh.

"A gdje je Jane?" izletjelo joj je.

On je lagano odmaknuo glavu unatrag kako bi se sumnjičavo zagledao u nju, te rekao, "Ona je u svojoj hotelskoj sobi."

Annie je osjetila ubod ljubomore. Je li *on* ostavio Jane u hotelskoj sobi? Je li zato bio tako samouvjeren po pitanju njenog trenutnog prebivališta?

Stone se opet široko i šarmantno osmijehnuo i Annie je počela shavaćati kako se on tim osmijehom koristio onda kad bi nesto želio. I nejasno je postala svjesna kako to nije bilo ubijanje dosade.

"Pozovi me unutra," odjednom je rekao i ona je shvatila kako je predugo sumnjičavo zurila u njega.

"Kasno je, gospodine Stone," hrabro je odgovorila, a onda je primjetila da je sakrio ruke iza leđa. Je li opet nešto spremao? Nije željela još jedno od njegovih iznenađenja, ni mačku ni još jednog psa, pa je brzo rekla, "Upravo spremam Larisu na spavanje i ne želim to poremetiti. Žao mi je, ali moram se držati rutine – zbog nje. Zdravo je imati rutinu."

On se nasmiješio, "To je vjerojatno prva stvar u vezi koje se slažemo i rađu ću ti pomoći."

Dok je Annie pokušavala smisliti kako ga se riješiti, on se odjednom provukao pored nje i uputio se niz hodnik prema dnevnom boravku.

Annie je zinula u šoku i zurila za njim, zatim je ljutito stisnula vilicu kad je odmjerila njegovo veličanstveno tijelo u malenom hodniku. Čudno, kad se Stone nije tu nalazio njezin hodnik je izgledao sasvim normalne veličine.

Stone je opet bio odjeven u izbjedjele traperice, a ovaj put je preko vitkih leđa i snažnih ramena navukao plavu košulju. Annie je uočila kako su se mišići njegovih ruku napinjali ispod uskih rukava, zbog čega je teško progutala. Osjetivši kako se vrućina penje prema njenim obrazima, naglo se trgnula i pošla za njim.

"Gospodine Stone, molim vas uđite u dnevni boravak."

"U redu, ali volio bih pozdraviti Larsiu prije nego zaspi," rekao je kad se okrenuo prema njoj, "Imam maleno iznenađenje za nju."

Shvativši da ga nije mogla izbaciti iz kuće jer je bio daleko snažniji od nje, Annie se pomirila s jedinim izborom koji je imala: udovoljiti mu, te je predajnički uzdahnula. "U redu, ali samo na kratko. Dovest ću je u boravak," rekla je i otvorila vrata Larisine sobe.

"Larisa draga, dođi pozdraviti gospodina koji ti je poklonio Bubbles," suho je rekla s vrata.

Larisa je spremno iskočila iz kreveta, te bosih nogu i u već zgužvanoj ružičastoj pidžami na Miky Mousa potrčala prema njoj.

"Jupi!" uzviknula je, ali Annie nije bila pretjerano sretna zbog njenog veselja. Stone je bio samo prolaznik u njihovim životima i nije željela da se Larisa počne vezati za njega. *Kad bi on bar prestao dolaziti i donositi joj poklone.*

Kad su ušle u dnevni boravak, našle su Stonea kako sjedi na trosjedu i drži Bubbles u naručju.

"Buubles," veselo je dozvala Larisa.

Stone je Larisu pogledao sjajnih očiju, što je Annie bilo pomalo neobično vidjeti, jer je iz njegovih očiju najčešće prodirao samo led.

"Dobra večer, Larisa. Sluša li te Bubbles?" upitao je mekanim glasom.

Larisa se odjednom pokunjila i stisnula uz Anniein bok, zbog čega ju je Stone zbunjeno pogledao dok je gladio Bubbles koja mu je mirno ležala u naručju.

"Da, gospodine," tiho je odgovorila Larisa, te brzo dodala, "Molim vas nemojte odnijeti Bubbles. Ona je jako poslušna."

Stone se nasmiješio, "Nisam došao kako bih to odnio Bubbles," rekao je.

"A zašto ste onda došli?" Larisa je postavila pitanje koje je mučilo i Annie zbog čega joj je bila zahvalna.

Stone je polako spustio pospanu Bubbles na pod koja se zatim ošamućeno stresla kako bi se razbudila.

"Prvo," progovorio je kad se okrenuo prema Larisi, "Zovi me Luke, a ne gospodine. Mi smo prijatelji, zar nismo?"

Larisa je na trenutak razmišljala, te potvrdila, "Da."

Annie se našla uvrijeđenom jer njoj nikad nije ponudio tu opciju.

Namrštila se.

"A drugo, nisam došao kako bih ti uzeo Bubbles. Zašto si to pomislila?"

"Pa, jer ste..." Larisa se zaustavila, te se ispravila, "Jer si me pitao je li poslušna."

Stone se glasno nasmijao.

"Ah. Zanimljivo. Ali nema potrebe za panikom. Zapravo sam došao kako bih ispunio jedno obećanje koje sam ti dao," rekao je i uzeo smeđu papirnatu vrečicu koja se nalazila pored njega na trosjedu, te je pružio prema Larisi i rekao, "To je sladoled od slanog kikirikija."

Annie je zakolutala očima. Baš joj je to trebalo, da se Larisa nakrca šećerom prije spavanja.

Larisa se odmaknula od Annie i uzela vrečicu u istom trenutku kad je Bubbles skočila na nju, vjerojatno misleći da je vrečica za nju. Larsia se glasno nasmijala i pokušala odmaknuti vrečicu od Bubbles što se vrlo brzo pretvorilo u igru dok ih je Stone promatrao sjajnih očiju i s nježnim osmjehom.

Annie se sjetila kao joj je Bethany rekla da je Stone pomagao raznim sirotištima i da je djeci pomagao kad god je mogao. Bilo je više nego očito da je volio djecu, ali Annie se počela pitati koja je motivacija bila iza svega toga. Zašto se toliko gurao u Larisin život? Pogotovo jer je prema njoj samoj najčešće bio hladan, iako mu zapravo nikad nije učinila ništa nažao. *Nešto tu nije u redu,* nelagodno je zaključila.

"U redu," odjednom je rekla Annie, vođena vlastitim mislima, "Dosta je za večeras. Larisa, sladoled češ moći jesti sutra, a ne večeras," oštro je rekla zbog čega se Larisa pokunjila, ali se nije suprotstavljala. Vjerojatno je osjetila ozbiljnost u Anneinom glasu.

Annie se zatim okrenula prema Stoneu i nastavila, "Gospodine Stone, hvala vam na poklonu, niste trebali, ali Larisa sada zaista mora na spavanje," rekla je strožije nego što je planirala. "Larsia, idi u sobu dok ispratim gospodina Stonea."

"Ali mama, rekao je da ga zovemo Luke," nevino ju je ispravila Larisa zbog čega se Annie zarumenila.

"Odmah, Larisa," oštro je naredila.

Larisa je shvatila značenje majčinog tona i požurila u sobu, bez pozdrava.

Stone je polako ustao, hladno je pogledao, ali nije ništa komentirao.

Dok je išao ispred nje kroz hodnik, mirno ju je obavijestio, "Sutra putujem u New York s Jane. Nisam siguran koliko dugo ću se tamo zadržati," zastao je na otvorenim vratima, te se okrenuo prema njoj, "ali predlažem ti da se baciš na posao i pronađeš nam novog umjetnika ili umjetnicu, svejedno je," okrenuo se i zatvorio vrata oduzimajući joj zadovoljstvo da ih zalupi za njim.

Nešto ovdje nije u redu, nervozno je zaključila.

6.

Annieina najdraža cvjećarna se zvala *Dugine boje* i nalazila se nedaleko od galerije, u centru grada, a vlasnicu, Tiffany, je vrlo dobro poznavala.

Tiffany je bila nekoliko godina starija od Annie i imala je muža koji ju je obožavao, i dva prekrasna sina, od kojih je mlađi bio par godina stariji od Larise. Njih dvije su često zajedno išle s djecom u Cove Island Park kako bi uživale u prirodi i opuštajućem razgovoru, dok su se djeca igrala.

Tiffany je bila izvanredna cvjećarka. I to je bilo ono što je Annie na prvu privuklo u njen dućan. Aranžmani koje je imala u izlogu su bili vrijedni svih nagrada koje je za njih osvajala.

Njihovo prijateljstvo je započelo tako što je Annie prije šest godina (tijekom zadnjih mjeseci trudnoće) ušla u cvjećarnu i nije mogla sakriti svoje divljenje prema Tiffanyinom talentu.

Tiffany je, naravno, bila veoma polaskana Annieinom oduševljenošću i uskoro su započele veoma topao i prisan razgovor. A Tiffanyna osobnost se svidila Annie još i više od njenih aranžmana. Bila je žena snažnog karaktera, svojeglava i iznimno zanimljivih pogleda na život. Vjerovala je da je brak bio ono što bi od njega stvorilo dvoje ljudi, a ne nekakva pravila u magazinu. Tiffany je također bila jedna od najtoplijih osoba koje je Annie upoznala u Stamfordu (osim Olsenovih), i imala je vrlinu da je od prvog dana bila vjerna i odana prijateljica i, u neku ruku, bila je Annein kamen oslonac kad bi joj bio prijeko potreban savjet i potpora.

Annie je nije vidjela već nekoliko tjedana, od prije nego je Stone preuzeo galeriju. Najprije jer je Tiffany otišla na godišnji odmor s obitelji, a zatim jer je Stone toliko okupirao Annieno slobodno vrijeme da nije imala vremena za nikoga osim njega.

Stoneov odlazak u New York je značio da je Annie napokon imala priliku posjetiti svoju najbolju prijateljicu, a i nabaviti nekoliko predivnih buketa za svoj i Stoneov ured.

Stone se još niti jednom nije javio od kako je otišao, što je Annie (morala je priznati) malo povrijedilo. I upravo zato se dodatno veselila što će napokon vidjeti Tiffany jer joj je definitivno trebao iskren razgovor s najboljom prijateljicom. Trebao joj je Toffanyin uvid u stvari.

Annie je s uzbuđenjem dočekala kraj radnog dana nakon kojeg se uputila ravno do cvjećarne. Željela je uhvatiti Tiffany prije nego što zatvori i iznenaditi je nenajavljenom posjetom, te dogovoriti skoro druženje. Samo njih dvije.

~

Kad je Annie ušla u cvjećarnu, vidjela je Tiffany okrenutu leđima, kako uređiva jedan od buketa.

"Hej, Tiffany," pozdravila je.

Tiffany se trgnula i okrenula sa širokim osmijehom na licu jer je prepoznala glas, "Annie! Napokon da te moje oči vide!"

Tiffany je bila iste visine kao i Annie, samo malo punašnija. Zapravo, imala je bogate obline na pravim mjestima, kako je sama znala objasniti. Njena plava kosa, koja joj je sezala do ramena, je sada bila podignuta u visoki rep. A medeno-smeđe oči su bile skrivene iza naočala za vid s modrim okvirom.

Prišle su si u prisan zagrljaj.

"Kako je bilo na godišnjem?" upitala je Annie.

"A što misliš kako je bilo? Ja i tri mušketira," napravila je kiselu grimasu, "Strašno."

"Hajde, znam da to nije istina," Annie se nasmijala i izvadila maleni paketić iz torbe, "Donijela sam ti tvoj omiljeni kolač."

"Oh, draga razmazit ćeš me," Tiffany se nasmiješila i uzela paketić, "Uvijek si tako pažljiva. I upravo zbog ovoga ću ti reći istinu: bilo mi je prekrasno. Tri tjedna Azurne Obale je premalo. Željela sam ostati tamo i ne vratiti se," rekla je dok je otvarala paketić, te zagrizla u sočan kolač s kremom od brusnice.

"A što bi bilo sa mnom? Zar bi me ostavila, tek tako?"

"Ne. Ti bi nam se pridružila, naravno. I živjela bi s nama. Zapravo, Stevea bi poslale natrag i ostale bi samo nas dvije s djecom. Savršeno!"

Annie se nasmijala, a pogled joj je slučajno kliznuo prema zidu gdje su visjele dvije slike koje su privukle njenu pozornost

"Kad si nabavila ove slike?" upitala je.

Tiffany se okrenula kako bi ih pogledala, te odgovorila, "Ah, to je od jednog mladog umjetnika, Eric, dvadeset i dvije godine. Nekoliko puta je od mene kupio cvijeće i jednom prilikom smo počeli razgovarati, između ostalog i o slikanju. I evo, činim mu uslugu tako što sam pristala izložiti nekoliko njegovih radova s nadom da se prodaju. Veoma je drag mladić. Sviđaju li ti se? Želiš li kupiti jednu?"

"Zapravo, imam i bolju ideju. Mislim da je ovo upravo ono što trenutno tražimo u galeriji. Bilo bi savršeno kad bih pogledala još njegovih radova."

"Oh, pa to je predivno! Uvjerena sam da će ti Eric rado pokazati sve što ima."

"Imaš li možda njegov broj?"

"Naravno, imam ga u mobitelu," odgovorila je Tiffany, te počela kopati po pregači.

"Odlično. Pokušat ću ugovoriti sastanak s njim – što prije."

Nakon što je upisala Ericov broj u svoj mobitel, Annie je brzo dodala, "Neću te sad zadržavati, znam da se spremaš zatvoriti i da juriš kući svojoj obitelji, ali željela sam te pitati hoćemo li se sutra navečer naći na večeri? Imamo toliko tema o kojima moramo razgovarati."

"Izvrasna ideja. Može."

"Odlično. Na našem uobičajenom mjestu?"

"Naravno."

"U redu, vidimo se sutra."

~

Sutradan, iza posla, Annie se nalazila u predgrađu Stamforda ispred vrata niske betonske zgrade nalik na dugačko skladište, te je pozvonila po drugi put nakon čega je pogledala na sat. *Došla sam točno u ugovoreno vrijeme, pa zašto se nitko ne odaziva na zvono.*

Odjednom je začula komešanje s druge strane vrata, zatim zvuk otključavanja brave nekon čega su se vrata napokon otvorila i razotkrila polugolo tijelo vitkog plavokosog mladića. Bio je u ranim dvadesetim godinama – dvadeste i dvije, kako joj je rekla Tiffany. Annie međutim nije očekivala da će Eric biti ovoliko sladak i zgodan. Da, sladak je bila prava riječ. Mlad, s jamicama na obrazima kad se nasmiješio, i s blagom kovrčavom kosom koja mu je u vlažnim pramenovima padala preko čela. Izgledao je kao da se s nekim upravo valjao po krevetu. Činilo se da se odjenuo na brzinu jer je bio bosonog, a košulja mu je bila raskopčana otkrivajući gladak i toniran prsni koš.

Pa bar je odijenuo hlače, pomislila je.

"Ispričavam se," progovorila je, "Jesam li došla u nezgodno vrijeme?"

Eric se osmijehuo s dobrodošlicom, te upitao, "Annie?"

"Da."

"Došla si u pravo vrijeme, očekivao sam te. Ja sam kriv. U zadnji tren sam shvatio da sam bio uprljan bojom, pa sam se odlučio na brzinu otuširati. Nadam se da ne čekaš predugo? Nisam mogao čuti zvono dok sam bio pod tušem."

"Ne, stigla sam prije par minuta," odgovorila je i nasmiješila se.

"Uđi, molim te," pozvao je veselim tonom, te se pomakao u stranu kako bi je propustio.

Dok je prolazila pored njega, Annie je osjetila miris sapuna od minta pomiješan s nekakvom paprenom notom. *Zanimljiva kombinacija,* pomislila je. Miris joj se neobično svidio, ali je bio previše muževan za nekog tako mladog.

Kad je ušla, odmah se našla u prostranom studiju, pomalo nalik na skladišnu prostoriju visokih željeznih stropova. Bilo je jasno da je ovaj prostor bio njegov atelje u kojem je također i živio.

Eric se ponosno nasmiješio i raširio ruke, zbog čega mu se košulja još više rastvorila, "Dobro došla u moj svijet."

"Hvala na tako srčanom gostoprimstvu," uzvratila mu je.

Iako je bio krajnje zgodan (i sladak), Annie je shvatila kako ga ipak nije smatrala privlačnim. Vjerojatno je činjenica što je bila svjesna njegove mladosti umanjila njegovu privlačnost u njenom umu. Nju su privlačili muškarci koji su već izgradili svoj život. *Kao Stone,* pomislila je, ali je ipak opet odmjerila Erica dok je on gledao na drugu stranu. Da, bio je zgođan, ali njeno tijelo je ostalo ravnodušno, za razliku kad bi Stone bio u blizini zbog čega bi njeni hormoni podivljali.

Ipak, ako ništa drugo, odlučila je bar iskoristiti priliku da kriomice promotri Ericovo polu nago tijelo. Prošlo je više od šest godina od kako je vidjela nagog muškarca – u živo. Joj, kad je postala tolika opatica? Nekoć je bila strastvena žena. Kad je sve to nestalo i kako je moguće da se do pojave Stonea uopće nije ni obazirala na to? *Hm, valjda slomljeno srce, uništeno povjerenje i dobivanje djeteta ipak promjenu osobu,* zaključila je.

"Pođite za mnom," pozvao je Eric onim bezbrižnim tonom koji je bio toliko tipičan za većinu mlađih ljudi koji su tek zakoračili u odraslu dob, a još uvijek su sa sobom nosili naivan pogled na svijet.

Eric ju je poveo prema stražnjem dijelu studija, prolazeći kroz dio za koji je Annie pretpostavila da je bio dnevni boravak sudeći po kauču, velikoj crvenoj vreći za sjedenje, ogromnom televizoru iz kojeg je mnoštvo kabela bilo spojeno u razne kutije kao što su bile X-box, Play Station i još nekoliko koje nije prepoznala.

Nakon boravka bez zidova (jer je prostor bio ogromno skladište), došli su do dijela gdje se nalazilo nekoliko komoda, razbacana odjeća po podu i veliki nepospremljeni krevet. Ovo je vjerojatno bila spavaća soba. Annie se zapitala gdje se u ovakvom prostoru nalazio toalet? Je li Ericu uopće bilo stalo do vlastite privatnosti? Osvrnula se, ali nije vidjela tuš kabinu. Mora da je to ipak bio prostor za sebe.

Nakon spavaće sobe, Eric ju je doveo do dijela koji je bio zakrčen slikama različitih veličina, od minijatura, do onih koje bi lako mogle prekriti zid normalne sobe.

"Ovo je moje carstvo," ponosno je rekao.

"Da, vidim," Annie je promrmljala fokusirajući se na radove.

Da, ovo bi moglo biti ono što je Stone tražio, razmišljala je. Slike su sadržavale arhitektonske motive svjetskih atrakcija kao što su Eiffelov toranj, Kip slobode, razni drugi, te dijelovi Stamforda. Zgrade i kipovi su bili nacrtani u crno-bijelim oštrim linijama, dok je nebo iza njih bilo u raznim bojama: ponegdje pastelno zelena, negdje žuta, a negdje plava. Međutim, bilo je i nekoliko slika koje su imale sanjivo i mekano noćno nebo u kontrastu s oštrim linijama zgrada.

Što je više proučavala slike, to je Annie bila uvjerenija da bi se trebale svidjeti Stoneu.

"Da, mislim da je ovo upravo ono što tražim," rekla je dok je i dalje zurila u slike.

"Izvanredno!" uskliknuo je Eric, zatim se zagledao u nju.

Annie je osjetila njegov intezivan pogled zbog čega se okrenula prema njemu i smetena njegovim otvorenim proučavanjem, upitala, "Gdje si izučio svoj talent?"

"Studiram arhitekturu i ovo je samo produžetak toga," usne je razvukao u pomalo seksi nakrivljeni osmijeh. Vjerojatno je mislio kako je za žene taj nestašan osmijeh i njegov slikarski talen bilo dovoljno da ih se impresionira, i vjerojatno je i bilo za djevojke njegovih godina, ali ne i za Annie koja je počela osijećati nelagodu dok joj je on dobacivao koketne poglede i osmjehe. Možda bi bilo bolje da napusti ovo 'ljubavno gnijezdo'. Tko zna koliko je djevojaka osvojio upravo tu ispred tih slika. Sudeći po seksualnom samopouzdanju kojim je zračio, vjerojatno mnogo.

"Mislim da će gospodin Stone biti zadovoljan," brzo je rekla i odmaknula se od njega, pretvarajući se da želi pobliže proučiti jednu od slika.

"Ne govoriš valjda o Lukeu Stoneu?" iznenada je upitao i njegov se stav odjednom promjenio. Prestao je odašiljati seksualne vibracije i pretvorio se u znatiželjnog mladića što je i bio.

Annie ga je oprezno pogledala, "Da. Čuo si za njega?"

"Naravno," oči su mu uzbuđeno zasjale, "On je legenda na faksu i moj osobni heroj. Želim biti kao on u arhitekturi," rekao je, a zatim se osmjehnuo kad je dodao, "A čuo sam da je i dobar u osvajanju žena. On je Kralj u oba područja!"

Annie se namrštila.

"Nisam shvatio da su slike za njega," dodao je Eric.

"Pa da, jer do sada nisam spomenula njegovo ime," istaknula je.

"Da, da, naravno. Ovo je ludnica!" uskliknuo je, "Svi će mi zavidjeti na ovome."

"Nemoj se prerano veseliti," upozorila ga je, ali je već vidjela da se on nije obazirao na upozorenje. Svejedno je dodala, "Moramo vidjeti hoće li ih gospodin Stone uzeti ili ne?"

"Naravno, naravno, razumijem."

Annie ga je sumnjičavo pogledala, te dodala, "Nazvat ću te kad budem imala sve informacije."

"Lucnica!"

Annie se napokon nasmijala njegovom mladenačkom oduševljenju i prije nego je napustila studio, još je jednom na brzinu odmjerila njegova gola prsa, zatim se uputila na dogovoreni sastanak s Tiffany.

~

Kad je Annie ušla u 'Cilantro' restoran gdje se trebala naći s Tiffany na večeri, već s ulaza ju je ugledala kako sjedi za stolom i razgovara s konobarom. *Vjerojatno nam je naručivala piće – i to alkoholno – iako sam joj izričito rekla da ne želim piti,* pomislila je Annie, ali unatoč tome, ipak se nježno nasmiješila dok je koračala prema Tiffany.

“Dobra večer,” pozdravila je kad je stigla do stola, zatim skinula sako kako bi ga objesila preko naslona stolice.

“Večer,” veslo je uzvratila Tiffany, “Naručila sam nam sangriu.”

“Znala sam! Zašto to radiš bez moje dovole?”

“Pridružit ćeš mi se i točka,” zadirkivala je Tiffany, “Znaš da sam luda, što od posla, što od muža i djece. Treba mi ova naša večer jednom mjesečno kako bih preživjela.”

Annie se nasmijala jer je znala kako Tiffany nije zapravo mislila to što je rekla. Tiffany je obožavala i svoj posao i svoju obitelj. Ali joj je Annie ipak odlučila udovoljiti.

“U redu, ali samo ovaj put. Srećom sam uzela taxi,” rekla je dok je sjedala za stol.

“To uvijek kažeš,” Tiffany joj se široko osmijehnula, te pogledala svoje dlanove, “Joj, strašno. Pogledaj kako su mi ruke ispucale od neprestalne vlage koja ide toliko tijesno uz cvijeće,” napravila je tužnu grimasu i ispružila izranjavane preste prema Annie.

Annie joj je s odglumljenom ozbiljnošću proučila ruke, te rekla, “Imam izvanrednu kremu za to. Nedavno sam je otkrila.”

“Oh, zaista?”

“Da. Krema je toliko moćna u iscjeljivanju i zarastanju tkiva, da ako bi ju nanijela na intiman dio svog tijela,” rekla je, te značajno pogledala prema

Tiffanyinim preponama, "odmah bi te pretvorilo u djevicu."

Tiffanyine oči su se najprije raširile od šoka, a kad je shvatila da je Annie zadirkivala, toliko se glasno nasmijala da su svi prisutni pogledali u njihovom smijeru.

"Luđakinjo!" prošaptala je Tiffany, "Uvijek me natjeraš da napravim scenu na javnom mjestu! Jednom ću ti vratiti za ovo."

Annie se od srca nasmijala, te rekla, "To ćemo još vidjeti."

Tiffany se veselo zagledala u Annie, a zatim je upitala, "Reci mi kako je prošao sastanak sa Ericom?"

Annie je lagano nakrivila glavu i na trenutak se zamislila nad pitanjem, prije nego je odgovorila, "Pomalo čudno. Čini mi se kao da je malo flertovao sa mnom, ali nisam bila sigurna."

Tiffany je nemarno odmahnula rukom i rekla, "Ah, to mu je u krvi. Mislim da je to jedini način na koji zna razgovarati sa ženama."

Annie se glasno nasmijala.

"A što kažeš na njegove slike?" upitala je Tiffany kad se pojavio konobar i natočio im sangriu u čaše, te stavio vrč na stol ispred njih.

"Dobre su i iskreno se nadam da će se svidjeti Stoneu. Htjela bih da ova potraga više završi kako bih se koncentrirala na drugi zadatak koji mi je nametnuo."

“Mislila sam da voliš otkrivati nove umjetnike,” komentirala je Tiffany uzimajući čašu sa stola.

“Volim, ali ne pod stresom, odnosno s prešutnom prijetnjom otkazom. Bojim se kako mi to uništava zadovoljstvo otkrivanja.”

“Znači toliko je strašan taj novi vlasnik?”

“I gori od toga.”

“Što si rekla kako se zove?”

“Luke Stone. Je li ti njegovo ime možda poznato?”

Tiffany se nakratko zamislila dok je prinosila čašu usnama i otpila dugačak gutljaj, te glasno uzdahnula, “Ah, breskva i crveno vino. Božanstveno! Ova verzija mi je puno dražza od one s narančom,” zatim se ponovno vratila na Anneino pitanje, “Ne, nisam čula za njega.”

“Ti si onda jedina.”

“Zar je toliko slavan?”

“Zapravo ne znam što se tiče slave, ali je veoma čudan.”

“Na koji je način čudan?”

“Pa, prema meni se ponaša na toplo-hladan način, s naglaskom na hladan, dok je prema Larisi predivan, i to me zbunjuje,” Annie je iskoristila priliku kako bi s nekim napokon podijelila svoje brige i dvojbe.

“Larisa? Zar ju je upoznao? Ali zašto?” iznedađeno je upitala Tiffany.

"Upravo tako, *zašto ju je upoznao*?" Annie joj je zatim ispričala kako su se stvari odigrale između nje i Stonea od samog početka i kako je upoznao Larisu.

Na kraju je Tiffany zaključila, "Tko zna, možda mu otkucava biološki sat i želi dijete. Možda je ljubomoran na tebe, jer ti živiš njegov san."

Annie je na trenutak tupo zurila u nju, zatim je zaključila, "Da mu je do toga, uvjerena sam kako taj problem može veoma lako riješiti. Vjerojatno cijeli red žena čeka pred njegovom spavaćom sobom."

"Oh, je li to osjećam laganu ljubomoru u tvom glasu?" zadirkivala je Tiffany.

Annie se zarumenila, te smeteno uskliknula, "Naravno da ne. On me ne zanima u takvom smilu," brzo je rekla, nadajući se da je zvučala ležerno.

"Ne možeš meni lagati, Annie Green," ukorila je Tiffany s osmijehom.

"Dosta toga," Annie je rekla ozbiljnije ovaj put, te dodala, "Iskreno sam zabrinuta zašto je toliko zainteresiran za Larisu?"

"Možda je pedofil?"

Annina vilica se objesila od šoka.

"Oh, kakva grozna pomisao!" drhtavo se usprotivila.

"Ma zezam te. Smiri se. Bogataši su pomalo luckasti i nema smisla zabrinjavati se s njegovim razlozima. Vjerojatno je hirovit i tko zna kako će se ponašati za tjedan-dva."

Annie se nakratko zamislila, “Vjerojatno si u pravu,” mučno se složila.

“Nazdravimo!” uzviknula je Tiffany i podignula čašu, “Neka nas luđaci u buduće zaobilaze u širokom krugu.”

Annie se nasmijala i potvrdila, “Iz tvojih usana u Božije uši. Dosta mi je luđaka u životu.”

Tiffany se odjenom ukočeno zagledala preko Anneinog ramena.

“Problemi s luđacima?” prošaptao je Stoneov glas u Annieno desno uho, zbog čega je poskočila na stolici i gurnula čašu sa sangrijom koja se zatim razlila po stolu.

Stone se grleno nasmijao, polako se uspravio, te rekao, “Ah, Annie, nedostajala mi je ta tvoja šeprtljavost. Svi u New Yorku su, začudo, sposobni kontrolirati vlastite pokrete.”

“Gospodine Stone, što vi radite ovdje?” Annie je smeteno upitala gledajući u njegove duboke zelene oči koje su je promatrale s otvorenim zanimanjem.

“Došao sam na večeru. I baš sam se uputio prema terasi kad sam te ugledao.”

“Nisam znala da ste se vratili.”

“Pa, sad znaš,” kratko je odgovorio, te pogledao Tiffany i nabacio jedan od svojih šarmantnijih osmjeha, “Poštovanje,” rekao je gledajući u Tiffany, zatim je lagano kimnuo glavom i udaljio se od stola.

“Oh, kako me prestrašio,” šapnula je Annie pokušavajući smanjiti otkucaje srca zbog iznenadnog susreta i tapšući ubrusom veliku lokvu na stolu.

“Nisi mi rekla da je ovoliko zgodan,” ukorila je Tiffany šaljivim tonom, te se osvrnula preko ramena kako bi još jednom odmjerila Stoneovu figuru.

Annie se izdajnički zarumenila kad je odgovorila, “Nisam primjetila.”

“Lažljivice.”

~

Nagdje u vrijeme kad su završavale s obrokom, Annie (koja je tijekom večere bila bolno svjesna da je Stone bio samo nekoliko metara udaljen) je primjetila njegovo visoko tijelo kako prolazi kroz vrata koja su vodila s terase. U preplanuloj šaci je držao čašu i činilo se kako je krenu ravno prema njima dvjema. Srce joj je opet ubrzalo podižući temperaturu njenog tijela.

Nije željela zuriti u njega dok je prilazio, pa je spustila pogleda na tanjur koncentrirajući se na zadnji zalogaj koji se tamo nalazio.

Osjetila je njegovu prisutnost kad se zaustavio pored stola i prije nego je podigla pogled.

“Mogu li vam se pridružiti sad kad smo svi u miru večerali? Jedno piće?” upitao je.

Prije nego je Annie stigla smisliti način kako signalizirati Tiffany da ga odbiju, Tiffany je već progovorila, “Naravno, izvolite sjesti. Ja sam Tiffany.”

"Drago mi je, ja sam Luke Stone."

Annie je bila sretna što je upravo dovršila s jelom jer su joj ruke počele drhtjeti. Počelo je živcirati kako je Stone na nju djelovao. *Isuse, nije toliko zgodan!* Ukorila se, te ga odmjerila dok je uzimao stolicu i polako spuštao svoje snažno tijelo na nju. *Prokletsvo! Da, toliko je zgodan!*

"Annie vam je uspjela pronaći umjetnika," obavijestila ga je Tiffany.

Njegove su obrve iznenađeno poskočile na neočekivanu vijest, "Zaista? Oh, pa to je izvrsno," iako je govorio ljubaznim tonom, ipak kad je pogledao Annie ona je jasno uočila hladnoću u njegovim očima. Jedno je bilo pretpostavljati da je Annie o njemu raspravljala s najboljom prijateljicom, a bilo je nešto sasvim drugo dobiti ovako izravan dokaz. Činilo se kako nije bio zadovoljan.

Oh, djevojko, on nikad nije zadovoljan, podsjetila je samu sebe.

"Da," nastavila je Tiffany, "I moram napomenuti kako sam *ja* posrednik u ovom slučaju. Trenutno i sama izlažem njegove slike u svojoj cvjećarni. Evo, pokazat ću vam ih."

Annie se zacrvenila do ruba kose. Ovo baš i nije bio način na koji je željela predstaviti Erica. Već je od prije zaključila da je Stone bio osjetljiv kad je prezentacija bila u pitanju i činilo se kako je cijenio samo kad se nešto obavljalo sa stilom, a ne ovako.

Stone je ipak strpljivo čekao da Tiffany pronađe slike na svom mobitelu. Kad je uspjela, primaknula mu se kako bi ih i on mogao vidjeti.

"Kakav divan parfem imate," odjednom je rekao iznenadivši Annie i zbunivši Tiffany.

"Oh, hvala vam," Tiffany se široko osmjehnula, "To mi je mu... ovaj Steve... muž, poklonio za Božić," činilo se kako se Tiffany na trenutak nije mogla odlučiti hoće li priznati Steveovu egzistenciju ili ne.

Annie se nasmiješila. Izgleda da je Stone razarajuće djelovao na sve žene, a ne samo na nju. I ta joj je pomisao donijela utjehu jer je značilo da ipak nije sišla s uma od želje za njegovim dodirima.

Nakon što je dobro proučio slike, Stone je zaključio, "Zapravo, sviđaju mi se," uzeo je Tiffanyin mobitel u svoje ruke kako bi ih pobliže pogledao, te je dodao, "Mislim da je ovo upravo ono što tražim."

Annie je preplavilo olakšanje, a Tiffany joj je pobjednički namignula preko stola.

Stone je zatim vratio mobitel natrag k Tiffany i obratio se Annie, "Ugovori mi sastanak s tim umjetnikom, odmah za sutra tijekom dana ako je moguće."

"Naravo."

"Što prije to riješimo, to ćemo se prije moći posvetiti organiziranju izložbe."

"Kako uzbudljivo," ubacila se Tiffany.

Stone se polako okrenuo prema njoj i pogledao je na način da se Tiffany uzvrpoljila na stolici, te je rekao, "Znači vi ste Anneina prijateljica?" nalaktio se na stol i nageo se prema Tiffany kako bi se mogao bolje zagledati u njene međene oči. Annie je mogla osjetiti kako se Tiffany rastapala pod njegovim pogledom. Ali također je znala da je Tiffany bila jako privržena svom mužu i da nikad, ali baš nikad, ne bi učinila nešto da iznevjeri Steveovo povjerenje. Međutim, Annie je primjetila da je Tiffany ipak definitivno godilo malo pažnje od nekog tako zgodnog i šarmanog kao Stone. *Šarmantnog kad mu se prohtije,* podsjetila se. A onda se zapitala što je zapravo pokušao poistići koketirajući s Tiffany? Upravo je čuo da ima muža.

"Da, prijateljice smo već šest godina i mogu s pouzdanjem reći da je ovo prijateljstvo koje će trajati do kraja naših života," samouvjereno je rekla Tiffany.

"Oh, zaista? A ja sam mislio da je Annie tip osobe koja ostavlja druge za sobom, bez obzira na njihove osjećaje."

Annie se zagrcnula sangrijom na njegove riječi, "Molim?!" uzviknula je između kašlja, "Odakle vam takvo nešto?"

Stone je mirno pogledao Annie, dok se Tiffany činila zbunjenom.

"Dok sam bio u New Yorku saznao sam tko vam je majka i shvatio da je poznajem. Moram priznati da vas nikad ne bih povezao s velikom Bethany Lionel."

Annie se namrštila, "To je zato što je ona zbog posla zadržala djevojačko prezime, jer se pod tim prezimenom i proslavila prije nego se udala za mog oca. Ali kakve to veze ima s tvrdnjom da ostavljam druge za sobom?"

"Pa, izričito se sjećam da se Bethany više od jednom potužila kako ima kćer koja ju je jednostavno napustila – bez pravog razloga, i da se ta njena kći nikad nije osvrnula na njene osjećaje po tom pitanju. U mojim očima, po svemu što sam vidio, Bethany je hvale vrijedna osoba, veoma uspješna žena koja drži sve konce u svojim rukama. I nije mi jasno zašto se *ti* kao samohrana majka toliko mučiš s preživljavanjem kad imaš tako bogatu majku koja ti je spremna pomoći. Ali Bethany je uvijek govorila da si toliko tvrdoglava i bezobzirna da niti ne želiš razmisliti o njenoj pomoći."

Annie je pocrvenjela od bijesa. Naravno da bi Bethany *nju* prikazala kao negativca u cijeloj toj priči.

"Stvari su mnogo kompliciranije od toga," procijedila je.

Tiffany mora da je osjetila u kakvom se emocionalnom kaosu Annie nalazila, jer se odjednom bacila u njenu obranu, "Annie je najbolja osoba koju sam upoznala u svom životu i vaše optužbe nemaju temelja," obrambeno je rekla.

Stone je mirno pogledao prema Tiffany, te hladno rekao, "Ah, da?"

"Da. Annie ima veliko srce i jako je pouzdana. Skoro pa se brine za sve starije članove koji žive u njenoj ulici. Kad god uhvati vremena ona ode do svakog od njih kako bi provjerila imaju li sve što im treba."

Stone se sumnjičavo zagledao u Tiffany kao da je odbijao vjerovati u njene riječi. Međutim Tiffany je nastavila, na što joj je Annie bila od srca zahvalna, "Nikad u životu nisam upoznala nekog tko je drugima na raspolaganju čak i usred noći."

Stoneove obrve su poskočile i odjednom je značajno pogledao Annie zbog čega se ona zarumenila. Znala je točno u koje smijeru su zalutale njegove prljave misli.

Tiffany je nastavila, "Nekoliko puta, kad mi se jedno od djece loše osijećalo i kad sam usred noći morala na hitnu sa Steveom, Annie je bila jedina osoba na koju smo se mogli osloniti da će nam pomoći."

Činilo se kako se Stoneova hlandoća malo umanjila, ali ne i sasvim nestala.

"Čak je i za Sarah osigurala posao kad se ova našla u teškoj situaciji," dodala je Tiffany s ponosom.

Čuvši to Stone je opet okrenuo glavu prema Annie, te kratko rekao, "Morat ćemo uskoro razgovarati o Sarah," zatim je polako ustao i dodao, "Ali ne večeras. Imat ćemo dovoljno vremena za takve razgovore sutra."

Annie je nervozno zurila u njega.

Stone se zatim okrenuo prema Tiffany i rekao blagim glasom, "Zaista mi je žao što vas moram napustiti, pogotovo jer mi se sviđa vaša odanost prema Annie. To je znak kvalitetne osobe i nadam se da je Annie svjesna koliko je sretna što vas ima za prijateljicu jer kvalitetne ljude je danas teško naći. Ali, na žalost, imam konferencijski poziv s Japanom za nekih petnaest minuta i već kasnim."

Tiffany se ponovno počela rastapati na njegove riječi, bacivši u vjetar sve njegove, nimalo laskajuće, komentare o Annie od maločas.

"Razumijem," Tiffany mu se očarano osmijehnula, "Drago mi je što sam vas upoznala."

"Nadam se da ću vas vidjeti na svečanoj izložbi. Shvatite ovo kao moj službeni poziv."

"Oh, naravno. Hvala vam na pozivu."

"Povedite i Stevea," rekao je, kratko joj namignuo i otišao bez da je opet pogledao prema Annie.

"Oh! Rekla sam ti koliko je strašan! I čudan!" uskliknula je Annie kad je bila sigurna da je Stone nestao i da je ne može čuti.

"Zapravo, nisam dobila takav dojam," mirno je rekla Tiffany, zaprepastivši Annie.

"Kako možeš to reći? Zar nisi čula što mi je rekao?"

"Da, čula sam, ali smatram da je za to kriva tvoja majka. Tko zna s kakvim glupostima mu je napunila glavu i pri tom ga okrenula protiv tebe. Znaš kako ona zna biti veoma uvjerljiva."

Annie se zamislila nad njenim riječima, te pomirljivo rekla, “Hm, možda si u pravu.”

7.

Kad je Annie sutradan nakon pauze za ručak ušla u svoj ured pronašla je Stonea kako sjedi za njenim stolom.

"Oh, gospodine Stone," iznenađeno ga je pozdravila.

On je upravo prelistavao nekakav katalog što ga je pronašao na njenom stolu. A kad je čuo njezin glas, polako je podigao glavu.

"Kako vam mogu pomoći?" upitala je dok je pažljivo ulazila u ured.

"Ne treba mi ništa, hvala ti, Annie. Mislio sam da skupa dočekamo Erica Morgena. Rekla si da dolazi u dva sata," pogledao je na sat, "što znači za par minuta."

"Tako je, Eric bi uskoro trebao doći, ali mislim kako bi bilo najbolje obaviti razgovor s njim u sali kako bismo mu lakše objasnili našu viziju dok mu pokazujemo prostor i panoe na koje želimo izložiti njegove slike."

Stone se naslonio dublje u naslon stolice, te se

kratko zagledao se u nju, “Izvrasna ideja.”

“Jeste li pozvali Jane da nam se pridruži kako bi vam dala svoje mišljenje o slikama?” Annie je oprezno upitala, “Je li možda u kuhinji? Hoću li je pozvati?”

“Već sam dobio njeno mišljenje.”

“Oh, ali kako?”

Stone je polako ustao i započeo zaobilaziti stol dok je govorio, “Jutros sam svratio u Tiffanyinu cvjećarnu, koju nije bilo teško pronaći, i zamolio sam je da mi prebaci slike na mobitel kako bi ih poslao Jane. Želio sam čuti Janeino mišljenje prije ovog sastanka.”

Annie je nervozno progutala jer nije znala je li Jane slike odobrila ili ne, “I što je rekla?”

Stone je zaustavio svoje visoko tijelo ispred Annie, dok je ona još uvijek ukočeno stajala pored vrata. Na trenutak se zagledao u nju nakrivivši glavu, te je rekao, “Kaže da imaš dobro oko za umjetnost i misli da će Ericove slike izvrsno predstavljati ono što želimo prikazati.”

“Oh, to su dobre vijesti,” rekla je s olakšanjem.

“Što znači da je ovaj sastanak više znak formalnosti, jer sam već odlučio po pitanju Erica. Ali svejedno, želio bih pogledati njegov portfolio kad će već biti ovdje,” dok je govorio, Annie je uočila da se Stone iznenada zagledao u njene usne, što je zbunilo.

Izbelji mu se i šokiraj ga, progovorio je vražičak duboko u njoj, što je samo natjeralo da se još više zarumeni. Smetena vlastitom reakcijom, naglo se odmaknula od njega i iskoračila u hodnik, "Idemo u salu. Možda je Eric već tamo," rekla je i okrenula se.

Međutim, cijelim putem do sale intezivno je osjećala da je on bio tik iza nje i mrzila je svaku sekundu tog, iznenada dugačkog hodnika.

Kad su napokon ušli u salu, zaista, Eric je već bio tamo i bezbrižno je razgovarao sa Sarah.

Kad je čuo da mu se netko približava, Eric se okrenuo, te je s otvorenim zanimanjem odmjerio Annie koja je danas odjenula nešto kraću crnu suknju nego inače. Oduvijek je smatrala da su njene vitke i lijepo oblikovane noge bile najbolji adut koji je imala i u zadnje vrijeme u njoj je gorjela želja da ih malo više pokaže i jutros je toj želji napokon udovoljila. Samopouzdano je koračala u crnim elegantnim cipelama s visokim potpeticama. Jedino je bijela bluza na njoj bila nešto manje posebna. *Bluza kao bluza, kad vidiš jednu vidio si ih sve,* još davno je zaključila, ali Annie ih je voljela i smatrala ih je svojom uniformom.

"Annie," veselo joj se obratio Eric, na što se Stone namrštio – primjetila je.

"Eric," uzvratila je kad je stala ispred njega.

"Gospodine Stone," Eric je užurbano rekao ne čekajući da ih Annie predstavi, "nemate pojma koliko sam počašćen što ste zainteresirani za moje radove."

Dok je Eric objašnjavao Stoneu koliko cijeni njegov rad, bez da je spomenuo Stoneova osvajanja žena kojima se također divio, Annie je odsutno razgledavala slike na zidu.

Kad su napokon završili razgovor, koji je Annie smatrala dosadnim napuhavanjem Stoneovog ega, ponovno se koncentrirala na njih. Počela je slušati u trenutku dok je Stone objašnjavao Ericu viziju koju je imao za izložbu i činilo se da su se sve predstavljene ideje Ericu svidjele, a Stoneu su se svidjele ostale slike koje je vidio u Ericovom portfoliju. Sve je išlo po planu i Annie je osjetila olakšanje jer je potraga za novim umjetnikom uspješno, i napokon, završila.

"Ovo je totalna ludnica!" zaključio je Eric na kraju dogovora, "Ne mogu vjerovati da ćete *vi* izložiti moja djela! Veliki Luke Stone!" uskliknuo je.

Oh, još pumpanja ega, nestrpljivo je pomisila.

Eric je zatim odjednom povukao iznenađenu Annie u čvrst zagrljaj i odignuo je od tla, te se zavrtio u krug držeći ju u naručju. Na kraju joj je utisnuo sočan, ali dug poljubac na usne, te uzviknuo, "Danas je moj sretan dan!"

Annie je bila u stanju totalnog šoka kad ju je napokon spustio na tlo. A kad je, još uvijek ošamućena, pogledala u Stonea, primjetila je da su mu se zelene oči naoblačile.

Eric je zatim napustio galeriju skoro plesnim koracima dok je Annie još uvijek zbunjeno zurila za njim.

"Annie," progovorio je Stone oštrim glasom, "dođi u moj ured, moramo razgovarati."

Sledila se na ton njegova glasa, ali je kimnula glavom, te pošla za njim.

~

"Želim otpustiti Sarah," kratko ju je, bez uvijanja, obavijestio kad se smjestila u stolicu nasuprot njemu.

"Ali ne smijete!" naglo je ustala.

"Molim?" iznenađeno su je pogledale njegove, u tom trenutku, tamno zelene oči. Činilo se kao da se intezitet boje u njegovim očima izmjenjivao ovisno o njegovom raspoloženju.

Annie je nervozno ispreplela prste ispred sebe, grozničavo tražeći prave riječi, ali nije znala kako ga nagovoriti da odustane od namjere. Jedino što joj je preostalo je bilo reći istinu i preklinjati.

"Molim vas, nemojte je otpustiti," rekla je s notom očaja u glasu.

Stone se zavalio u naslon stolice i znatiželjno se zagledao u nju, "A zašto, ako smijem znati?"

"To će je ubiti."

On je nestrpljivo otpuhnuo, "Zar ne misliš da malo pretjeruješ?"

"Ne, ne pretjerujem. Poznajem Sarah veoma dobro i znam da je bila na samom rubu depresije. Živi sama, nema djece, muž joj je umro prije pet godina i još se nije oporavila od gubitka, zdravlje joj nije najbolje, a ovaj posao je jedino što je veseli, jedino što je tjera da izađe iz kuće, da stavi osmjeh na lice," ubrzano je govorila.

“Ali ona ni malo nije kvalificirana za posao koji obavlja,” mirno je istaknuo.

“Ali zapravo, kvalificirana je. Dugih dvadeset i pet godina je bila recepcionerka i trenutno je na istoj poziciji i kod nas,” Annie se grčevito hvatala za slamku.

“Dobro znaš na što mislim,” oštro je rekao, “Ona nema nikakvog iskustva, ni znanja, kad je u pitanju umjetnost.”

“Ali do sada sam je uspješno učila svemu što joj je bilo potrebno kako bi ispravno prezentirala sve radove koje izlažemo.”

Stoneova četvrtasta vilica se snažno stisnula, “Jesam li ti već rekao kako želim samo efikasne ljude u svojim firmama?” grubo je preklinuo.

Annie se pokunjila i promrmljala, “Da, rekli ste mi.”

“To se također odnosi i na Sarah.”

“Molim vas,” nije odustajala, “Preuzet ću odgovornost za nju, samo je nemojte otpustiti.”

Stone se iznenađeno zagledao u nju, te polako upitao, “Na koji način misliš preuzeti odgovornost?”

Annie je s mukom progutala, razmišljajući što iduće reći, zatim je objasnila, “Ako Sarah ikada krivo prezentira iti jedno od naših djela, možete me slobodno otpustiti i otići ću zajedno s njom,” tiho je ponudila.

Njegove oči su se sumnjičavo stisnule kad je upitao, “Zar ti je toliko stalo da ona zadrži ovaj posao? Toliko da bi riskirala vlastiti?" činio se iskreno zaprepaštenim.

"Da," kratko je rekla i ponosno ispravila leđa kako bi zauzela samouvjereniji stav.

Stone se zagledao u nju, te napokon rekao, "Iako još zapravo nisam odlučio o tvojoj budućnosti u ovoj galeriji, prihvaćam tvoju ponudu. Neću otpustiti Sarah, bar dok ne odlučim hoću li tebe zadržati ovdje ili ne."

Annie se stresla. Njegove riječi su zvučale tako hladno. Mislila je da si je osigurala ostanak pronalaskom Erica, zar je bila u krivu? Ili je Stone možda već kažnjavao jer se borila za Sarah? Ali ona je vjerovala u nju i nije mogla dopustiti da je Stone otpusti. Ne, Sarah bi to doista dokrajčilo. Možda će joj biti lakše ako i Annie dobije otkaz zajedno s njom. A onda kad si Annie opet osigura drugi posao, ponovno će se pobrinuti za Sarah.

"Hvala vam," kratko je rekla.

"Idi sad," Stone je nestrpljivo odmahnuo rukom i spustio pogled na dokumente na stolu kad je dodao, "Imam važnijeg posla."

~

"Oh, ne, što *on* radi ovdje?" razočarano je promrmljala Annie.

Tiffany, koja je stajala pored nje, slijedila je njezin pogled do ulaznih vrata gdje je ugledala Stonea odjevenog u sivo kostimirano odijelo iz 50-tih godina, što je bilo u skladu s tematikom zabave na kojoj su se nalazili.

"Oh, jutros sam ga pozvala da nam se pridruži," mirno je objasnila Tiffany.

Annie je zaprepašteno uskliknula, "Ti si što!?"

Tiffany je nesigurno pogledala, zbunjena njenom reakcijom, te ponovila, "Pozvala sam ga."

"Oh ne," zacviljela je Annie, "Ali mislila sam da su karte za *Murder Mystery* već mjesecima rasprodane?"

Tiffany je nemarno slegnula ramenima, "Znaš da bogataši kao Stone uvijek pronađu način kako dobiti posebnu dozvolu za ulazak na rasprodane događaje."

Annie je zakolutala očima, te procijedila, "Ali ne želim ga vidjeti. Danas popodne smo se pomalo neugodno rastali nakon što sam ga preklinjala da ne otpustiti Sarah."

"Oh, nisam to znala. Oprosti mi, molim te. Mislila sam kako bi ovakva zabava mogla pomoći da se malo više družite van posla, kako bi on uvidio koliko je Bethany u krivu i koliko si ti zapravo divna osoba."

"Mislim da se to neće tako lako dogoditi," promrmljala je Annie.

Tiffany joj je utješno položila ruku na rame, te rekla, "Zaista mi je žao. Nisam znala za sve ovo prije nego što sam ga pozvala."

Annie je bespomoćno pogledala, te pomirljivo rekla, "U redu je, imala si dobre namjere. Iako, zaista sam se veselila večerašnjem događaju kako bih prestala misliti na probleme s posla."

"Možda će večer ipak biti dobra," ohrabrivala je Tiffany, "Nemoj prerano paničariti."

Annie je mrzovoljno otpuhnula, "Samo ako se ispostavi da će Stone biti žrtva večerašnjeg ubojstva."

Tiffany se glasno nasmijala, "Mislim da su sve žrtve već odabrane."

"To ćemo još vidjeti," usprotivila se Annie, te je razvukla usne u ljubazan osmijeh jer im se u tom trenutku Stone približio.

"Dobra večer," bezbrižno ih je pozdravio.

Annie je osjetila ubod razočarenja. Kako je mogao biti tako bezbrižan nakon onog razgovora od danas? Njoj je zbog tog događaja cijeli dan bio uništen.

"Luke," obratila mu se Tiffany, a Annie je razočarano shvatila kako je i njena prijateljica postala još jedna osoba u nizu koja mu se mogla obraćati prvim imenom. Zar jedino njoj nije dao tu dozvolu? Ali zašto? Tiffany je nastavila, "Upoznaj mog muža," rekla je, te je za ruku povukla muškarca koji je stajao nedaleko od nje, "Steve, ovo je Luke, Annein šef."

Steve, punašan muškarac u četrdesetim godinama, se osmijehnuo s iskrenom dobrodošlicom na licu. Annie je oduvijek smatrala kako je Steve imao najnježnije oči koje je ikada vidjela na ljudskom biću. Dobrota njegova ogromog srca kao da je izvirala kroz te tamno-smeđe prozore njegove duše. Tiffany je zaista bila sretnica.

Stone je Steveu uzvratio istom ljubaznošću, zatim je rekao, "Nadam se da nisam zakasnio. Potrajalo je duže nego što sam očekivao dok sam pronašao ovo odijelo. Jesam li propustio nešto važno?" upitao je mirnim, dubokih glasom.

"Ne, niste. Mislim da će uskoro započeti," uvjeravala ga je Tiffany, te ga je zatim na brzinu odmjerila, "Odijelo vam izvrsno pristaje. Zar ne Annie?" iznenada je rekla, te se okrenila prema njoj.

"Oh, da. Naravno," Annie je smeteno potvrdila. *Naravno da mu divno pristaje. Na njemu bi i vreća za smeće savršeno izgledala,* ogorčeno je pomislila.

Annie je odijenula tamno modru haljinu s krojem iz pedesetih godina, koja joj je sezala do polovine listova, a na stopalima je imala modre cipele s petom od nekih četiri-pet centimetara koje su prevladavale u to vrijeme. Oko vrata je imala bisernu ogrlicu, te biserne naušnice, a svijetlo-smeđa kosa joj je bila namještena u blago valovitu frizuru do ramena.

Tiffany je bila u sličnom izdanju, samo što je njen kostim bio boje trule višnje.

Tema večerašnje zabave je bila umorstvo u gradonačelnikovoj vili, 1950-ih. Svi sudionici su se trebali pretvarati da su se nalazili u gostima kod gradonačelnika i njegove obitelji. A naravno, uloge gradonačelnika, njegove obitelji i bliskih suradnika su igrali talentirani glumci.

Annie nikada nije bila na ovakvoj vrsti zabave, ali je žarko željela sudjelovati jer je čula mnogo pohvala o 'murder mystery' večerima. Jedino što je znala jest da će se tijekom večeri dogoditi ubojstvo ili dva. *Odglumljena ubojstva, naravno,* nasmiješila se. I gosti su do kraja večeri trebali pogoditi tko bi trebao biti ubojica.

Annie je primjetila da su se okupljeni odjednom počeli pomicati prema velikom predvorju, pa su ona i njena skupina učinili isto.

"Dobra večer dragi gosti. Ja sam Anthony Orsey, gradonačelnik ovog grada," oglasio se stariji prosijedi muškarac koji je glumio gradonačelnika. Stajao je na balkonu prvog kata prostranog predvorja, i obraćao se okupljenima kao da je držao konferenciju za tisak, "Hvala vam svima što ste se odazvali mom pozivu kako biste samnom proslavili rođendan moje predivne supruge, Lorette," rekao je i desnom rukom je prigrlio onižu ženu u zlatnoj haljini pored sebe.

Svi prisutni su zapljeskali u znak čestitke.

"Također, za vas koji ju ne poznajete, želim iskoristiti ovu priliku kako bih vam predstavio svoju kćer, Marianne," pokazao je na visoku crnokosu djevojku, snažne građe, koja je stajala s njegove lijeve strane, "Te moju tajnicu i desnu ruku, koja je sve ovo organizirala, Paula Jenings," sad je pokazao na zamamnu plavušu koja se široko osmijehnula i kratko, ali teatralno se naklonila. U međuvremenu je gradonačelnik nastavio objašnjavati, "Imam za vas nekoliko iznenađenja večeras. Naime, unajmio sam nekolicinu umjetnika koji će za vas izvoditi različite nastupe i nadam se da ćete uživati u njima."

Annie se nije mogla više suzdržavati, pa se entuzijastično osmijehnula i uzbuđeno prigrlila Tiffany k sebi, te rekla, "Oh, tako mi je drago što smo ovdje."

Dok joj je Tiffany uzvraćala zagrljaj i osmijeh, Annie je slučajno uhvatila neobičan Stoneov pogled, ali je on odmah zatim okrenuo glavu.

Dok se Annie pitala što mu je taj pogled značio, na balkon je istupila žena u kostimu koji ju je učinio da izgleda puno starije od vlastitih godina. Glumica je možda bila u četrdesetima, ali po sivoj vlasulji i strogom odijelu predstavljala je ženu u šezdesetim godinama, možda čak i stariju. Glumila je lik sličan Gospođici Marple, iz istoimenog serijala. Žena se predstavila snažnim glasom koji je odjekivao predvorijem, "Dobra večer, dragi moji. Ja sam gospođa Dorothy O'Brien, i večeras ću s vama riješavati misteriozna ubojstva. Zajedno ćemo prikupljati dokaze, te ćemo na kraju večeri zajedničkim snagama pokušati riješiti večerašnju misteriju: tko je ubojica," objašnjavala je.

Annie je na trenutak prestala slušati jer se Steve okrenuo prema njima i upitao, "Je li netko možda za piće?"

Tiffany se osmijehnula, "A što misliš?" zadirkivala ga je, "Svi smo za piće – naravno."

"Pustite meni," progovorio je Stone, "Šampanjac za sve? Je li to u redu?"

"Naravno," svi su se složili.

"Bar je u susjednoj prostoriji," uputila ga je Tiffany i pokazala prema velikoj dvorani desno od predvorja.

Dok je Stone odlazio prema baru, odjednom su se začuli taktovi muzike, i Annie je shvatila da je na stepenicama jedan od mlađih glumaca, koji je bio odjeven kao da je pripadao nijemim filmovima, započeo ples koji je više podsjećao na pantomimu. Vjerojatno je u pitanju bio nekakav umjetnicki izražaj, ali Annie nije znala što je to točno trebalo biti. Svejedno je uživala gledajući nastup.

Stone se pojavio s konobarom tek kad je ples završio. I u trenutku dok su uzimali svak svoju čašu s pladnja, prostorijom je odjednom odjeknuo vrisak. Annie je iznenađeno pogledala prema dnu stepenica gdje se okupilo nekoliko ljudi, zatim je primjetila plesača kako ukočeno leži na podu.

"Ubojstvo!" netko je vrisnuo.

Annie je pogledala Tiffany koja nije mogla suzdržati svoj osmijeh, pa joj je s istim uzvratila.

Na scenu se zatim pojavila Dorothy, te je progovorila snažnim glumačkim glasom koji se prenosio u druge prostorije, "Čini se da je Paul otrovan!" objasnila je, "Pronašla sam ovaj dokument u njegovom džepu," podignula je papir visoko u zrak kako bi ga svi mogli vidjeti, "To je dokument kojeg je Paul potpisao i koji kaže da ga je Gradonačelnik osigurao na pedeset tisuća dolara u slučaju nesreće."

Okupljeni su glasno dahnuli od zaprepaštenja,

naravno kao dio igre, što je Annie jako zabavljalo.

"Ovo je prvi dokaz večeras," prošaptala je Annie, "I čini se kako najviše inkriminira gradonačelnika."

"Da," složio se Stone, "Ali nemojmo prerano skočiti na zaključak da je on kriv. Večer je još mlada," nestašno joj je namignuo, što je Annieino srce natjeralo na trk.

Ponovno se oglasnio Dorothyn glas i usmjerio Anneinu pažnju dalje od Stonea, "Slodobno razgledajte sve prostorije, razgovarajte s drugim gostima i s članovima gradonačelnikove obitelji kako biste saznali što više informacija o ubojstvima," poticala je prisutne, "Tako ćemo najbrže saznali tko je ubojica, jer na kraju večeri ćete se podijeliti u malene grupe, s onima s kojima ste došli, i svi ćete sudjelovati u nagradnoj igri tako što ćete ispuniti upitnik u kojem morate točno odgovoriti na pitanja o umorstvima i o tome tko bi mogao biti ubojica, a zatim ćemo obaviti nasumično izvlačenje kako bismo otkrili pobjedničku grupu. A nagrada je šampanjac Bollinger kojeg pije i sam James Bond! Sretno svima!"

Okupljeni su uzbuđeno zapljeskali na izrečene vijesti, a Dorothy se zatim spustila niz stepenice i nestala u jednoj od prostorija, nakon cega su prisutni opet formirali razno razne grupe i posvetili se razgovoru.

Annie se veselo nasmiješila Tiffany i Steveu, te upitala, "Hoćemo li se baciti na istraživanje?"

"Joj, draga nisam baš dobra detektivka,"

odgovorila je Tiffany, "Evo pitaj Stevea. Naši dječaci me uvijek uspiju preveslati."

Steve se s ljubavlju nasmiješio Tiffany i nježno joj poljubio obraz, "U pravu si, draga," složio se, te se okrenuo prema Annie, "Ona je strašno loš detektiv, najgori kojeg sam ikada upoznao," popratio je riječi smiješnom grimasom.

Annie je glasno uzdahnula od nestrpljenja, "Ne, nemojte mi to govoriti. Ali zašto ste onda došli ako nećete sudjelovati u igri? Moramo riješiti večerašnji misterij."

"Došli smo uživati u društvu," objasnila je Tiffany uz osmjeh, "Ali i da pobjegnemo iz kuće."

"Oh, ne..." promrmljala je Annie, "Večer je uništena."

"Rado ću ti pomoći," iznenada je ponudio Stone.

Annie mu se zagledala u zelene duboke oči u kojima je ovaj put gorjela iskra nestašluka, i to joj se veoma svidjelo i odjednom je osjetila želju dublje istražiti tu nepoznatu stranu njegova karaktera, zbog čega je užurbano rekla, "Izvrsno."

"Dođi," pozvao je i spružio otvoreni dlan prema njoj, "Idemo se malo raspitati okolo."

Annie je prihvatila njegovu snažnu, toplu šaku, i osjetila je kako joj se trnci slijevaju niz kralježnicu kad su njegovi vitki prsti obujmili njene. Dodir je bio toliko intiman da joj je vrućina trenutno šibnula u obraze. Prošlo je toliko dugo vremena od kad je osjetila takvu vrstu intime.

Stone ju je nježno povukao, ne shvaćajući kakav je kaos osjaćaja rastao u njoj.

Kad su došli u glavnu salu, Annie je na trenutak razgledala prostoriju. Strop je bio visok i izrezbaren, podsjećajući je na unutrašnjost vila iz viktorijanskog doba. U sobi nije bilo namještaja kako bi se moglo smjestiti što više ljudi, ali u jednom kutu je bio veliki crni klavir. Vjerojatno za jedan od nastupa koji se trebali odviti kasnije tijekom večeri.

Stone joj je lagano dotaknuo rame kako bi joj privukao pažnju. Kad ga je pogledala on joj je kimuo i pogledom joj pokazao na gradonačelnika Orseya koji im je prilazio.

"Dobra večer, dragi moji," pozdravio ih je glumac.

Annie se široko osmijehnula.

"Večer," uzvratio mu je Stone.

"I kako vam se dopada rođendanska proslava?" upitao je Orsey dok je prinosio lulu k ustima.

"Izvrsna je. Hvala vam na pozivu," zahvalio se Stone.

"Oh, ništa za to. Sitnica, zapravo."

"Nego," odjednom je prošaptao Stone, "Što mislite tko je želio ubiti Paula?"

Annie se zahihotala, ali činilo se da se Orsey nije obazirao na nju, nego je nastavio s glumom, te je odgovorio zabrinutim glasom, "Strašno! Naprosto strašno!"

"Mislite li da će sada svi osumnjičiti vas?" upitala

je Annie, uživljavajući se u ulogu, ali ne s uspjehom, jer nije mogla suzbiti osmijeh, "Sad kad je otkriven onaj dokument."

Orsey im se primaknuo bliže, značajno ih pogledao, te prošaptao, "Ali ja nisam tražio da se svi ovi glumci osiguraju. To je bila ideja moje tajnice, Paule."

"Oh," Stone i Annie su zajedno promrmljali.

"Bilo bi dobro da s njom razgovarate," Orsey je natuknuo, te se naklonio, "A sad me ispričajte, dragi moji, moram se posvetiti i drugim gostima," rekao je i odšetao do susjedne skupine uzvanika.

"Oh, ovo je tako uzbudljivo!" uskliknula je Annie i pogledala Stonea sjanih očiju, "Kao da sam dio predstave," široko se osmijehnula.

"U neku ruku i jesi," veselo joj je uzvratio.

Annie je sa zadovoljstvom zaključila kako se njegov ledeni zid večeras počeo otapati i ona je napokon imala priliku vidjeti ga u sasvim drugačijem svijetlu.

"Ah, tu ste," uskliknula je Tiffany s vrata, "Tražili smo vas."

Petnaestak minuta kasnije, ponovno su se oglasili taktovi muzike i ovaj put je na sredinu prostorije izašla pjevačica odjevena u predivnu bijelu lepršavu haljinu. Imala je glas kao slavuj koji se stapao s taktovima klavira i Annie je uživala u notama koje su ispunjavale prostoriju. Bila je svjesna kako joj je na usnama lebdio osmijeh zadovoljstva i na trenutak je zatvorila oči, a kad ih je ponovno otvorila, ugledala je Stonea kako je promatra.

Na brzinu se pribrala, a on je okrenuo glavu.

Već predvidljivo, na kraju nastupa se začuo glasan pucanj i pjevačica se srušila na pod. Na scenu je zatim dolepršala Dorothy kako bi pregledala tijelo, nakon čega se polako uspravila i tužnim glasom obavijestila okupljene, "Ubijena je iz revolvera," rekla je, "Ali u njenoj ruci sam pronašla komadić ružičaste tkanine," Dorothy je opet podigla ruku visoko u zrak kako bi svi vidjeli tkaninu.

"Oh, zar nije tajnica odjevena u ružičastu haljinu?" prošaptala je Annie kad se nagnula prema Stoneu.

On je okrenuo glavu prema njoj zbog čega su se njegove usne našle samo nekoliko centimetara udaljene od njenog lica. Činilo se kako su se oboje na trenutak zamrznuli u pokretu, ali se Stone prvi pribrao i pomaknuo, te rekao, "Mislim da si u pravu. Hoćemo li je potražiti?"

"Idemo," smeteno je prihvatila, nakon čega ju je opet poveo za ruku.

Tajnicu u pronašli u društvu dviju djevojaka koje su bile gosti na večerašnjoj zabavi, isto kao Annie i Stone. Jedna od djevojaka je pitala tajnicu mogu li se slikati s njom, na što je ova pristala, ali odmah nakon slikanja tajnica je upitala, "A što je ta melena kutija s kojom ste nas slikali?"

Djevojka se zbunila, te pogledala u svoj mobitel,

"To je moj telefon," odgovorila je.

Tajnica se zahihotala, "Hoćete reći da ste me slikali s vašim telefonom? Ali kakav je to telefon bez žice koji uz to i slika?"

Odjednom su se djevojke počele smijati kad su shvatile da je tajnica vjerno igrala ulogu žene iz pedesetih godina koja, naravno, još nije svjedočila trenutačnim tehnološkim dostignućima.

Stone se glasno nasmijao, zbog čega je tajnica preusmjerila svoju pozornost na njega.

"Nešto je smiješno, gospodine?" upitala je veselo. Bilo je više nego očito da se glumica izvrsno zabavljala.

"Oh, ništa," odgovorio je nasmiješeni Stone, "Zanemarite moju reakciju, molim vas."

"Hoćete li me i vi slikati s vašim telefonom?" zadirkivala ga je.

On se opet glasno nasmijao, "Mislim da ću to ostaviti za neki drugi put."

Tajnica je zavodljivo uhvatila bisernu ogrlicu među prste, te je koketno nakrivila glavu, "A kako vam onda mogu pomoći?"

Stone je neuspješno pokušao navući ozbiljan izraz na lice kad je rekao, "Imam pitanje za vas i cijenio bih vaš iskren odgovor."

"Pucajte," odgovorila je tajnica, na što se Annie zahihotala.

"Zašto ste tražili da se osiguraju svi umjetnici koji večeras nastupaju?" upitao je, a pitanje je naglo izbrisalo zaigranost s tajničinog lica.

Annie je zaključila kako je ova djevojka bila zaista dobra glumica jer se za tren preobratila u ulogu uznemirene žene.

"To sam učinila jer sam na umu imala Orseyevu dobrobit," rekla je tužnim glasom, "U slučaju nezgode, on bi morao platiti svu nanesenu štetu agenciji od koje smo unajmili umjetnike," rekla je, te čvrsto priljubila šake na grudi, "Meni je Orseyeva sreća najvažnija na svijetu," rekla je plačljivim glasom, te pobjegla.

Annie i Stone su se značajno pogledali, na što je on komentirao, "Opa, misliš li da se nešto događa među njima dvoje?"

"Čini se veoma izglednim," Annie je veselo potvrdila, "Oh, situacija se polako komplicira. Kako divno!"

Stone je nježno pogledao, dok mu je na usnama lebdio blagi osmjeh zbog čega se Annie na trenutak budalasto poželjela utopiti u toplini kojom je zračio.

"Donijet ću ti novu čašu," odjednom je rekao prizivajući je k stvarnosti.

I zaista, njena čaša je bila prazna.

"Hvala vam," zahvalno mu se osmijehnula i gledala ga kao se udaljava prema baru. Njegovo visoko i snažno tijelo je zauzimalo najveći dio prostorije, ili se to njoj tako pričinjalo jer osim njega nikog drugog nije vidjela u prostoriji. Svi ostali su bili samo mrlja u pozadini. *O Bože!* Uzdahnula je. Zašto nije mogla pasti na nekog tko je bio pristupačniji, nekog kao Eric? Iako je bio mlađi, Eric se bar činio zainteresiranim za nju. Ali ne, njoj se svidio hladan i mušičast Stone koji je mijenjao raspoloženja gore od žene. Našla se kako želi njegove preplanule ruke na sebi. Željela je ugrijati njegovo hladno srce, srce koje se nije činilo osvojivim.

"Oh," promrmljala je. Od svih ljudi koji su prošli kroz njen život ona je morala reagirati na još jednog Alana.

~

Nekon još dva ubojstva, jedno vani u vrtu gdje je trbušna plesačica bila ubijena vlastitim mačem, te operni pjevač koji je bio zadavljen kravatom, večer se polako bližila kraju. U međuvremenu, Annie i Stone su bili entuzijastični detektivi koji su kružili prostorijama u nadi da saznaju što više infromacija koje će im pomoći riješiti slučaj. I do sada su uspjeli saznati da je gradonačelnikova kćer bila krajnje nezainteresirana za sva zbivanja povezana s njenim ocem zbog čega im je pružila jako malo tragova, ali zato su od njegove supruge saznali da je znala za gradonačelnikovu ljubavnu aferu s tajnicom, nakon čega su Annie i Stone bili skloni optužiti suprugu.

"Ona je kriva," rekao je Stone dok su se spuštali širokim stepenicama s drugog kata na prvi, "Svi dokazi upućuju na nju. Ubila je sve koji su večeras nastupali kako bi se osvetila mužu i uz to je namijestila sve dokaze kako bi ga inkriminirala. A ako bi on završio u zatvoru, sav novac bi ostao njoj. "

"U potpunosti se slažem s vama," potvrdila je Annie i odjednom je izgubila ravnotežu kad je krivo stala na stepenicu, "Oh!" prestrašeno je uskliknula.

Stone se brzo okrenuo prema njoj i uhvatio je prije nego je pala.

Annie se našla čvrsto privučena u njegov zagrljaj, a snažne ruke koje su se obavile oko nje, su joj pružile osjećaj sigurnosti dok ga je grčevito držala za ramena. Njena glava je bila toliko blizu njegovom tijelu, da je skoro počivala na njegovom ramenu i pod usnama je mogla osjetiti toplinu kojom je zračila njegova koža. Morala se svim silama suzdržati da ga ne kuša.

Ugrizla se za usnu.

Stone se lagano pomaknuo, dovoljno da joj se zagleda u oči dok ju je još uvijek držao u zagrljaju. Nije ništa rekao, samo je zurio u nju s istom vrelinom u pogledu za koju je pretpostavljala da je gorjela u njenim očima. Jasno je osjećala njegovo kruto tijelo uz svoje, svaku liniju, svaki mišić.

Stone je odjednom odgurnuo od sebe, te pročistio grlo, "Jesi li dobro?" upitao je izbjegavajući je pogledati. Umjesto toga se koncentrirao na poravnavanje prednjice svog sakoa.

"D-da, dobro sam," Annie je odgovorila, još uvijek ošamućena, "Hvala što ste me uhvatili."

Stone je napokon pogledao i nemarno se osmijehnuo, "Ništa za to," rekao je, te se nastavio spuštati stepenicama.

Annie je tupo zurila za njim. Je li umislila vrelinu

u njegovom pogledu? Ali ako to nije bio plod njene mašte, zašto Stone nije poduzeo nešto po tom pitanju? *Pobogu, odrasli smo ljudi!* Zašto se ponašao ovako čudno? Pa što ako bi slučajno završili zajedno? Nije to bio kraj svijeta. Čak i da ne bude dobro (a sumnjala je da ne bi bilo), i čak ako bi on poslije toga zaključio kako nije želio ništa s njom, sve je to bilo u redu. Objašnjavao joj je njen uspaljeni mozak, jer u tom trenutku nije ju bila briga za 'živjeli su sretno do kraja života'. Sve što je osjećala je bila pulsirajuća čežnja za senzualnim dodirom, žudnja koju je toliko dugo zatomljavala. I dok je ona bila izgubljena u vlastitim mislima, Stone je već nestao iz njenog vida.

Kad se spustila u predvorje, tamo je pronašla Tiffany i Stevea koji su živahno razgovarali i nečemu se smijali.

"Jeste li vidjeli Stonea?" upitala je Annie kad je stala pored njih.

"Da, upravo je otišao kući," mirno je odgovorila Tiffany.

"Molim?" zapanjeno je upitala.

"Objasnio je kako ponovno ima konferencijski poziv i da kasni."

Annie se razočarano zagledala u izlazna vrata. *Kako čudno. Zar je imao potrebu pobjeći?*

8.

Annie je proučavala panoe u galeriji i u notes bilježila ideje i prijedloge za pozicioniranje Ericovih i Morrowih slika. Željela je biti spremna u slučaju ako bi Stone od nje zatražio da to učini. Željela mu je pokazati koliko je efikasna tako da je nastojala biti korak ili dva ispred njega. Bar se tomu nadala.

Iza leđa je začula odlučne korake koji su odzvanjali galerijom dok je u pozadini nježno svirala klasična muzika. Annie se okrenula i ugledala Stonea – kao što je i očekivala, jer je prepoznala njegov način hoda.

Danas je bio odjeven nešto ležernije nego inače kad bi došao u ured. Iako je bio u modrom odijelu (hlače i sako), ovaj put nije nosio kravatu i nekoliko gornjih dugmadi na bijeloj košulji su bili otkopčani. Annie je zaista voljela taj izgled na njemu. S teškom mukom je progutala dok ga je promatrala kako korača prema njoj. Nije mogla ne uočiti kako mu se pri svakom koraku mišići bedara napinju ispod tanke tkanine modrih hlača. Ali po običaju, imao je namrgođeno lice, a zelene oči su mu bile kao hladno zimsko jezero.

Stao je ispred nje i Annie je na trenutak zurila u snažnu udubinu između njegova vrata i ramena koja se našla u razini s njenim očima. Usne su joj odjednom postale nepodnošljivo suhe, te ih je nervozno ovlažila.

Stonove oči su se stisnule kad je to primjetio.

"I tko je uhapšen?" upitao je.

"Molim?" zbunjeno je rekla.

"Sinoćnja zabava," podsjetio je, "Tko je ubojica?"

"Ah da. Bili ste u pravu. Supruga je kriva."

"Uvijek jest," nasmiješio se.

Annie je namjerno zakolutala očima, te je uz osmjeh rekla, "Naravno da jest."

"Što to radiš?" upitao je kad mu se pogled spustio na bilježnicu u njezinim rukama.

"Pokušavam napraviti početni raspored slika za izložbu."

Obrve su mu iznenađeno poskočile, "To je pohvalno. Jesam li ti već rekao da mi se sviđa kad preuzmeš inicijativu?"

Annie je osjetila kako joj se obrazi lagano rumene, "Mislim da ste spomenuli nešto u tom smislu," uzvratila je slabašnim zadirkivanjem.

On se na trenutak zagledao u nju, te upitao, "Kako je Larisa?"

"Dobro, hvala na pitanju."

"Želim vas sutra odvesti na piknik," iznenada je rekao, "Je li u redu da vas pokupim u dva sata? Sve ću organizirati: hranu, piće, sve što je potrebno. Na vama dvjema je samo da budete spremne kad dođem po vas."

Što je on više govorio, to je Annie više ostajala bez teksta zbog iznenadnog poziva koji je opet podsjetio koliko mu je ponašanje čudno.

On je zatim dodao, "Naravno, povest ćemo i Bubbles," nasmiješio se.

Annie iskreno nije znala kako odgovoriti na ovako samouvjeren poziv. Dio nje je žarko želio provesti više vremena s ovim muškarcem za kojim je njeno izdajničko tijelo žudjelo, a drugi, razumniji dio, joj je šaptao da ga odbije samo kako bi ga naučila lekciji da nije mogao tek tako naređivati drugima što da rade sa svojim slobodnim vremenom. Nije sve bilo njemu podređeno. I netko mu je to trebao reći – pokazati. Da, Annie je to znala, samo nije znala kako natjerati proklete usne da oblikuju riječ NE. I sve što je čula da izlazi iz njenih usta je bio zvuk strašno nalik na: "Naravno."

Oh, koji si ti slabić! Ukorila se.

"Hej, vas dvoje!" odjednom je progovorio glas iza njih.

I prije nego se okrenula, Annie je prepoznala da je u pitanju bio Eric.

Kad se okrenula kako bi ga pogledala, opet je primjetila da je Eric prštio bezbrižnom energijom mladića koji još nije osjetio životne borbe i Annie mu je zavidjela na tome. U skladu sa sve toplijim vremenom, Eric je odjenuo smeđe kapri hlače, sportske patike, te svijetlo plavu majicu kratkih rukava. Kosa mu je bila, po običaju, u razbucanoj frizuri i nekoliko nježno valovitih pramenova su mu padali preko mladenačkog čela.

Eric je prštio seksualnom energijom koju Annie nije mogla zanemariti unatoč tomu da je nije zanimao na takav način. Uspoređujući dvojicu muškaraca, Stone se pored Erica činio pretjerano kontroliranim. Ali Annie je instinktivno smatrala da bi Stone mogao biti daleko strastveniji ljubavnik. Mogla je samo zamisliti trenutak kad bi Stoneova kontrola prestala i kad bi se sva strast koja je ključala ispod hladne površine razlila preko zidova kojima se ogradio. A i vjerojatno je bio darežljiviji ljubavnik od Erica koji se činio kao da mu je bilo stalo samo do vlastitog zadovoljstva. Ericovo ponašanje je dalo naslutjeti kako je vjerovao da su žene trebale biti zadovoljene samim tim što im je udjeljivao pozornost i da se dalje od toga nije trebao truditi.

"Hej, Eric," uzvratila mu je dok im je prilazio.

"Što on sad hoće?" promrmljao je Stone ispod glasa, ali dovoljno glasno da ga Annie čuje.

Iznenađeno ga je pogledala, a on je nastavio namršteno zurio u Erica.

Kad se Eric zaustavio ispred njih, bez upozorenja je privukao Annie u zagrljaj i ponovno joj utisnuo poljubac na zatvorene usne.

Od iznenađena što je Eric to ponovno učinio, Annie je posrnula kad se odmicala od njega, te se uhvatila za Stoneovo rame kako bi uhvatila ravnotežu.

Stone ju je namrgođeno pogledao i odmaknuo se od nje kad je bio siguran da je uspostavila balans.

Jesam li nešto propustila? pitala se. Ericova sloboda ponašanja (iako nije bila dobrodošla) je ukazivala na mladenačku aroganciju, ali zašto se Stone mrštio na to? Za nekoga tko ju je neumoljivo volio zadirkivati svaki put kad bi se našla u neugodnoj situaciji, bilo je čudno što Stone zapravo nije uživao u Ericovoj nasrtljivosti koja je Annie počela sve više smetati i što to Stone nije iskoristio kako bi je dodatno isprovocirao. Odjednom joj je u glavi bljesnula pomisao (ili je možda nada bila u pitanju), *Je li Stone bio ljubomoran?*

Iznenađeno ga je pogledala.

Ma ne!?

Ali Stone je odašiljao toliko neprijateljske energije prema Ericu da se to nije moglo zanemariti. Međutim, Stone nije imao razloga toliko ne simpatizirati Erica. *Je li zaista bio ljubomoran?* Srce joj se ubrzalo na tu pomisao.

"Gospodine Stone, vidim da ste se vratili," rekao je Eric, "Onda je dobro što sam svratio. Zapravo sam tražio Annie, ali je ludnica što sam i vas pronašao. Sad vas mogu pitati jeste li se već odlučili koje od mojih slika želite upotrijebiti? Imam nekoliko ljudi zainteresiranih da izlože moje radove, ali radiije bi ih izložio ovdje. Ne bih drugima želio dati nešto što vi želite. Ako me razumijete?"

"Da, razumijem vas," odgovorio je Stone iznenađujuće mirno, "Ali, na žalost, nism još odlučio. Javit ću vam se kad budem imao sve informacije."

"Ludnica," odobrio je Eric (ne pretjerano zadovoljan), te se okrenuo prema Annie, "Super što sam te ulovio. Želio sam te nešto pitati."

"Oh?" rekla je pomalo nelagodno, "Što?"

Eric je odjednom s tračkom nelagode pogledao Stonea, te rekao, "Možete li nam dati malo privatnosti?"

Stoneove obrve su poskočile od šoka, a Annie nije mogla odoljeti da se ne nasmiješi.

"Oh, u redu," smeteno je odgovorio Stone koji očigledno nije bio naviknut na ovakav tretman.

Dok se Stone polako udaljavao, Eric je odjednom rekao, "Annie, došao sam te pozvati na spoj."

Annie je raširila oči, te je protiv volje pogledala Stonea i primjetila da je zastao u koraku.

Čuo je što je Eric rekao.

Stone ju je zatim kratko i mrko pogledao preko ramena, te nastavio koračati – veoma polako.

Annie je namjerno čekala da Stone nestane iza vrata koja su vodila u urede, jer nije željela da čuje njen odgovor. Željela ga je pustiti neka se misli o tome što je rekla Ericu na tako otvoren poziv. Nije morao znati baš sve iz njenog privatnog života.

Pogledala je mlado samopouzdano lice ispred sebe, te rekla, “Žao mi je Eric, ali želim da naš odnos bude isključivo profesionalan.”

“Oh,” natmurio se.

“Ti si divan mladić, ali trenutno nisam zainteresirana za spojeve.”

“Jesu li godine u pitanju? Jer mogu ti odmah reći da meni to ne smeta.”

“Vidim, ali na žalost, meni smeta.”

“Oh,” na trenutak se zagledao u nju, te iznenada veselo rekao, “Nemaš pojma što propuštaš.”

Annie se morala nasmijati njegovoj samouvjerenosti, te je rekla, “Vjerujem da si u pravu.”

“Možda te još uspijem nagovoriti,” neumoljivo je rekao, “Neću odustati.”

~

Kad je napokon ispratila Erica, viteza čeličnog samopouzdanja, Annie je odahnula, te otišla ravno u svoj ured.

Nakon što je otvorila treći email za redom, zapravo nesvjesna što je u njima pisalo, zazvonio je mobitel koji se nalazio pored nje na stolu. U tihoj sobi, zvuk je bio kao da je bomba eksplodirala, a kad je pogledala na ekran, poželjela je radije imati posla s bombom nego s pozivateljem.

Neraspoloženo je uzela mobitel, prislonila ga na

uho i rekla, "Dobar dan, Bethany. Moj odgovor je i dalje isti: ne mogu doći u New York, ne sada."

"Glupost!" uzvratio je oštar majčin glas, "Mogla bi da hoćeš!"

Annie se zapravo nije mogla suprotstaviti majčinoj logici, jer je bila u pravu. Da je htjela, Annie bi mogla pronaći način da posjeti Bethany. Ali trenutno joj je bilo važnije sačuvati ovaj posao, u gradu gdje je izgradila lijep život za sebe i Larisu. To joj je bila glavna preokupacija. To i pronalaženje načina kako izaći na kraj sa Stoneom.

"Bethany, već sam ti rekla da ne mogu sada doći. Moram sačuvati ovaj posao."

"Još uvijek ne mogu vjerovati da bi radije bila voditeljica nekakve neugledne galerije nego biti moja desna ruka. Da hoćeš, mogla bi biti na čelu jedne od najvećih modnih kompanija u New Yorku."

"Ponekad lakši put nije i najbolji. Ja nisam kao ti."

"Ne razumijem što hoćeš reći?"

"Vidjela sam kako obavljaš svoje poslovne razgovore i na koji način sklapaš dogovore. Gaziš svakog tko ti stane na put."

"Pa naravno! Ako ja ne zgazim njih, oni će mene. To je tako jednostavno," mirno je objasnila Bethany.

"Nije to za mene."

"Ne razumijem na koga si takva. Tvoj otac nije bio Bog zna što, ali nikad nije bio beskičmenjak."

Annie je stisnula zube kako bi se spriječila reći bilo što. Uz ovakav odgoj, uz majku koja joj je svakom riječju pokušavala narušiti samopouzdanje, nije bilo ni čudo što je pobjegla u Stamford i snalazila se kako je znala. Jer čak i borba za opstanak, ali opstanak kojeg je Annie kontrolirala, je bio bolji od života s emocionalnim tiraninom kao što je bila Bethany. I nije važno koliko joj dugo i na široko to Annie objašnjavala, znala je da Bethany nikaka neće razumjeti njene motive, niti će ikada priznati svoju krivnju za greške koje je počinila u Anneinom odgoju.

Annie nije željela uploviti u još jednu svađu s njom, pa je ušutjela.

"Uostalom, postoji i drugi razlog zašto te zovem," rekla je Bethany.

"Oh. Koji?"

"Inspirirana našim zadnjim razgovorom, malo sam se raspitala u vezi Lukea Stonea," iznenada je rekla, te tiše dodala, "I saznala sam neke intimne detalje o njegovom životu, od njemu veoma bliskih izvora."

"Oh?" Annie je nesigurno promrmljala jer nije bila sigurna želi li znati to što je Bethany saznala.

Ali Bethany nije čekala na dozvolu kako bi joj rekla, "Saznala sam da je Luke Stone bio oženjen."

Ova vijest je ipak šokirala Annie, te je zaprepašteno rekla, "Ali novine o tome nikada nisu pisale? Kako je moguće da je od javnosti uspio sakriti brak!? Ni manje ni više nego brak," glas joj je zvučao previše frustrirano. Pokušala je uspostaviti kontrolu nad vlastitim mislima, te donekle mirno upitala, "Kad se to dogodilo?"

"Izvori mi kažu da se vjenčao, otprilike, prije pet godina," samodopadno je odgovorila Bethany, "Brak nije dugo trajao. Svega tri godine. Međutim, čudno je što od nikoga nisam uspjela saznati ime njegove bivše žene. Nisam sigurna je li to zato što ni sami nisu znali ili mi nisu htjeli reći. Ali navodno je u pitanju bila jedna od njegovih vanjskih suradnica iz Japana ili tako nešto."

"Ah. To je možda razlog kako je uspio sakriti brak od javnosti – ako mu je žena živjela u drugoj državi."

"Da. Tako sam i sama pomislila."

"I što se dogodilo"

"Izvori bliski njemu kažu da se brak raspao jer se ustanovilo da Stone ne može imati djecu."

Annie je problijedila. Znači zato je bio toliko opsjednut djecom? Pomaganjem sirotištima, druženje s Larisom... Zato je uvijek bio toliko nježan s Larisom... Jer je preko nje prividno, bar na kratko, proživljavao ono što nije mogao imati.

"Oh," promrmljala je Annie, "To je tako tužno. Nije valjda da ga je supruga ostavila zbog toga?" uskliknula je, "To je nepravda! Pa nije on kriv za to!"

"Nisam sigurna što se dogodilo i tko je koga ostavio, ali navodno je to bio razlog za razlaz," rekla je Bethany, "Eto sad imaš jednu intimnu informaciju koju možeš upotrijebiti *protiv* njega ako bude potrebno."

Annie je zakolutala očima, "Ovo je tvoj pojam pomaganja, zar ne?"

"Naravno. Ne vidim u čemu je problem. Uvijek je dobro imati inormacije koje se mogu pretvoriti u oružje."

"Definitivno nismo na istoj valnoj duljini jer moj mozak ne može niti pojmiti kako bi se takva informacija mogla upotrijebiti protiv njega i zašto bih to uopće željela."

"Glupost!" uskliknula je Bethany.

Annie je glasno uzdahnula, a zatim upitala, "Kako si uspjela saznati ovako intimne detalje o njegovom životu?"

"Jednostavno," Bethany je s ponosom rekla, "ucijenila sam njegovog osobnog asistenta."

"Molim!? Ti si što?"

"Ali ipak mi nije htio reći sve što sam ga pitala..."

"Bethany," iznenada je prekinula Annie, "moram ići, upravo je stogao klijent s kojim imam sastanak," lagala je, te poklopila slušalicu ne čekajući majčin pozdrav.

Glava je zaboljela kao i uvijek nakon razgovora s majkom. Zatim se tužno zagledala u površinu stola razmišljajući o novim informacijama koje je saznala u vezi Stonea.

Kad je nešto kasnije razgovarala sa Sarah, od nje

je slučajno saznala da je Stone izašao i da se nije imao namjeru vraćati do ponedjeljka. Na tu vjest je osjetila ubod razočaranja i zapravo nije bila sigurna je li njegov poziv za sutrašnji piknik još uvijek vrijedio. Sve je ostalo nekako nedorečeno zbog Ericova pojavljivanja.

~

Stone se ipak sutradan pjavio na Annienom pragu u dva sata kako je i obećao.

Odveo je Annie, Larisu i Bubbles u Cove Island Park i zauzeo jedno od piknik mjesta nedaleko od plaže.

Kako što je i rekao, cijelu organizaciju je preuzeo na sebe, zbog čega mu je Annie bila zahvalna. Ponio je platno za piknik kojeg je raširio preko guste zelene trave kako bi mogli sjesti, te izvukao veliku košaru s hranom.

Annie je bilo neobično promatrati ga u toj ulozi dok je vadio hranu i raspoređivao je po platnu. Larisa je uzbuđeno skakutala oko njega i zahtjevala da joj objasni što se nalazilo u posudama, a on joj je, strpljivo i uz osmjeh, objašnjavao. Annie je bilo pomalo i mučno gledati prizor ispred sebe znajući što je jučer saznala o njemu.

Bez obzira na opuštenost koju je piknik trebao predstavljati, Annie se nije osjećala pretjerano ugodno. Razlog tome je bio što Stone nije s njom bio onoliko ugodan i ljubazan kao s Larisom. Iako je sad napokon saznala zašto je bio toliko nježan prema

Larisi, ipak joj još uvijek nije bilo u potpunosti jasno zašto je bio toliko čudan prema njoj.

"Mama, mi nikada nismo bile na pikniku – do sada," nevino je zaključila Larisa dok je trčala prema Annie.

"Znam, dušo," odgovorila je Annie kad se Larisa zaustavila ispred nje sva zajapurena od igre s Bubbles. Annie joj je pomilovala obraze s osjećajem krivnje. Nije mogla vjerovati da joj u šest godina nije nikako priredila nešto slično.

"Bubbles!" odjednom je uskliknula Larisa i potrčala za psom koji je veselo i bezbrižno skakutao loveći leptire.

"Pripazi na hranu," Stone se odjednom obratio Annie, "Idem Larisu naučiti kako se baca frizbi."

Annie se nije svidio njegov zapovjedni ton, ali nije imala ništa protiv toga da se udobno ispruži i uživa.

"Nema problema," rekla je izbjegavajući njegov pogled.

Nakon lijenog rastezanja, ispružila se na prostirci i glavu podbočila lijevom rukom. Privukla je zdjelu s grožđem i promatrala njihovu igru. Stone je detaljno objašnjavao Larisi kako se frizbi pravilno drži i kako napraviti izbačaj. *Šteta,* pomislila je Annie, Stone se činio kao da bi bio izvanredan otac. Sudbina je ponekad zaista znala biti okrutna, oduzimajući ljudima ono što su najviše željeli. Ili su možda žarko željeli upravo ono što nisu mogli imati?

Odmahnula je glavom kako bi rastjerala tmurne

misli i usredotočila se na scenu ispred sebe.

Larisa je Stonea pozorno slušala, raširivši znatiželjno svoje plave okice, i činila je sve što joj je govorio. Annie se nasmiješila na izraz njenog lica. Ali smješak je nestao kad je počela proučavati Stoneovu figuru. Izbijedljele traperice su privlačno prijanjale uz njegove mišićave noge, a crna majica kratkih rukava je zahvalno isticala liniju njegova torza i širokih ramena. Posjedovao je nevjerojatno muževne i snažne ruke. *Zaštitničke.* Annie nije bila sigurna zašto joj je baš taj pojam pao na pamet, ali sjetila se kad ju je prije nekoliko večeri uhvatio i spriječio da padne niz stepenice – našla se obgrljena njegovim rukama u kojima se osjećala iznenađujuće sigurno i svidio joj se taj osjećaj.

Stone je ostavljao dojam sposobnog i pouzdanog muškarca kojem niti jedna prepreka nije predstavljala problem. I Annie je shvatila kako ne bih imala ništa protiv toga da ima nekoga u životu s kim bi mogla podijeliti svakodnevne obaveze kako bi joj život bio lakši. Prošlo je toliko dugo vremena od kad je nekom muškarcu zadnji put vjerovala. Povjerenje je za nju bilo svetinja, ali i nešto što nije olako darivala. Sve je to ukazivalo na činjenicu da je Alan povrijedio više nego što je željela priznati. Namrštila se.

Iz misli je trgnulo Larisino iznenadno vrištanje. Krv joj se sledila u žilama i u tren oka je bila na nogama, napeta od glave do pete. Uočila je Larisu kako panično trči prema moru, dok je Stone zbunjeno gledao za njom.

“Bubbles! Vrati se!” Larisa je vrištala, na rubu suza.

Annie je pogledala prema drvenom molu preko kojeg je Bubbles bezbrižno skakutala loveći leptira.

“Larisa, odmah stani!” doviknula je Annie i potrčala za njom.

Larisa se zaustavila na Annien oštar ton i pogledala ju suznim očima.

“Mama!” zavapila je prema Annie u trenutku kad je Bubbles skočila s mola za leptirom i upala u more. “Mama!” Larisa je očajnički plakala, “Utopit će se!”

Bubbles je bila premalena da bi se sama mogla vratiti na mol koji je bio previsoko iznad morske površine. Počela je panično plivati, ne shavaćajući što ju je snašlo, te se počela udaljavati od obale.

Annie je dotrčala do Larise, zaštitnički je uzela u naručje i potrčala prema molu.

“Bubbles, vrati se!” zapovijedila je Annie oštrim glasom, ali bilo je očito da je pas nije razumio.

Larisa je sve više plakala, a Annie se osjećala bespomoćno. Pogledom je potražila Stonea i uočila da je bio bos i upravo je skidao majicu.

Šokirano je zinula.

Protrčao je pored njih i elegantno se bacio u more. Annie je imala dojam da su obje, Larisa i ona, ostale bez daha.

Larisa se cijela napela u Annienim rukama istežući se da bi bolje vidjela kako Stone pliva odlučnim zamasima prema uplašenoj Bubbles. Kad je sustigao psa, Stone ju je nježno podigao i prislonio uz sebe, te se počeo vraćati plivajući na leđima.

Larisa je ispustila uzdah olakšanja.

Tek kad se Stone sasvim približio obali, Annie je spustila Larisu koja je postala nestrpljiva u njenim rukama i koja je odmah nakon toga potrčala prema Stoneu koji je stavio Bubbles na mol, te se i sam povukao na drvenu površinu snažnim rukama.

Kad se Stone napokon osovio na noge, s njega se voda slijevala kao maleni vodopad stvarajući lokvu oko njegovih bosih stopala dok se Bubbles činila zbunjenom.

"Tata!" Larisa je iznenada uskliknula kad se zaustavila ispred njega.

Odjednom su se svi ukočili i Annie je skoro mogla čuti kako joj se srce slama od boli, što zbog Larise, što zbog Stonea.

Stone je ukočeno potapšao Bubblesina leđa koja je odmah zatim počela tresti vodu iz krzna. A Larisa je ukipljeno stajala na mjestu, svjesna da je izgovorila nešto što nije smjela. Uperenog pogleda u tlo, čekala je da Bubbles dođe do nje.

Annie joj je prišla i pogladila je po kosi.

"Zar nećeš zagrliti Bubbles?" upitala je Annie i nasmiješila se dok se Bubbles trljala o Larisine noge.

Larisa je zgrabila Bubbles i otrčala do prostirke na koju je sjela grleći psa u naručju.

Stone je stao pored Annie i kad mu je ruka

slučajno okrznula njenu, ona je osjetila koliko je voda bila hladna na njegovom tijelu.

"Joj," rekla je pogledavši ga, "Nemamo ručnik da se obrišete. Tako mi je žao što vam je Bubbles prouzročila problem."

"Nije problem, zaista. Ionako je bilo toliko vruće da me je plivanje osvježilo," nasmiješio se, a Annie nije mogla odlijepiti pogled od njegovog golog mišićavog torza.

Zarumenila se od neugodnosti kad je podigla pogled do njegovih očiju i vidjela da je promatrao.

"Bila mi je čast spasiti Larisinu najbolju prijateljicu," pogled mu je bio nježen i tajanstven.

"Hvala Vam. Sad ste njezin junak," Annie je rekla, ali se dvoumila: hoće li se ispričati u Larisino ime jer ga je nazvala tatom ili da to jednostavno ignoriraju?

Odlučila se za drugu opciju, te se okrenula se i otišla do Larise.

"Moramo se spakirati," rekla je Annie zbog čega je Larisa zabrinuto pogledala, "Sve je u redu, Larisa. Gospodin Stone je potpuno mokar zbog spašavanja Bubbles i mora se presvući. Ne želimo sa se naš junak prehladi, zar ne?" rekla je mekanim glasom.

"Ne, ne. Ne smije se prehladiti," prošaptala je Larisa.

"A i tebe je Bubbles smočila. Morat ću ti obući drugu haljinicu."

To je Larisu oraspoložilo, pa se slabašno

nasmiješila.

Annie je spakirala sve u auto dok je Stone pokušavao ocijediti hlače koje su još uvijek bile na njemu.

Kad je Stone ušao u auto, predložio je da najprije odu do njega jer je kuća koju je unajmio bila u blizini plaže. Annie se složila s tim i za par minuta su se našli ispred predivne dvokatnice oko koje se protezao lijepo uređen vrt.

"Nećemo se zadržavati jer se i Larisa mora preodjenuti," rekao je izlazeći iz auta, "Odmah se vraćam."

Dok ga je promatrala kako se udaljava, Annie je bilo čudno što ih nije pozvao da uđu, ali odlučila je poštivati njegovu privatnost.

Larisa je iznenada povukla Annie za rame sa stražnjeg sjdišta, te rekla, "Mama, pogledaj ljuljačku. Možemo li izaći i pogledati je izbliza?"

Annie je ponovno pogledala kroz prozor i u vrtu uz Stoneovu kuću vidjela je predivnu ljuljačku za dvije osobe. A metalni okvir je bio isprepleten cvijećem od vrha do dna.

"Zašto ne," odgovorila je, "Ali, ostavit ćemo Bubbles u autu. Za danas nam je zadala dovoljno nevolja."

"Naravno," odgovorila je Larisa i priljubila se uz vrata čekajući da joj Annie otvori.

~

Dok je ljuljala Larisu, Annie je odjednom protiv

volje upitala, "Larisa, zašto si gospodina Stonea nazvala *tatom*?" Pitanje je mučilo i nije ga mogla ignorirati. To je bio prvi put da je Larisa učinila nešto slično, pokazujući koliko joj je zaista nedostala očinska figura. Larisa se uvijek činila puna razumijevanja po tom pitanju, pa je Annie njen današnji ispad šokirao.

Larisa je pognula glavu i prošaptala, "Zato što bi to bilo lijepo."

Anniene usne su se stisnule u crtu.

"Ali ti imaš tatu," nježno je istaknula.

"A gdje je?" ogorčeno je upitala Larisa zureći u tlo.

Annie je zabolio ton njenog glasa. Opet će joj morati lagati.

"Znaš da pomaže djeci kojoj je to potrebno," Annie je rekla, zaustavila ljuljačku, te se sagnula kako bi Larisu pogledala u oči.

"Mislim da to nije istina," tiho je rekla Larisa na rubu suza.

Annie je bila zaprepaštena njenim odgovorom.

"Larisa..." započela je, ali Larisa ju je prekinula.

"Da nije bilo Lukea, tko bi spasio Bubbles?" zajecala je, "Da smo bile samo nas dvije, Bubbles bi se utopila."

Annie je zaboljelo koliko malo vjere je polagala u nju.

"Ja bih je spasila, dušo," pomilovala je Larisu po

licu želeći je umiriti. Možda je njen mladi um smatrao da je spašavanje bio samo posao za muškarce? Ponekad Annie nije bila sigurna kojom logikom su se služili šestogodišnjaci, pa je nastojala biti oprezna u svojim objašnjenjima. Ali činilo se da je Larisa bolje razumjela stvarnost nego što je to Annie željela.

"Želim tatu," iznenada je Larisa zahtjevala, "Svi ga imaju. Svi u školi pričaju o svojim tatama, samo ga ja nemam," suze su se razlile po njenim obrazima.

"Larisa," prošaptala je Annie bespomoćno.

"Zašto tako velika cura plače?" iznanada je progovorio Stone iza Annie i obje su se trgle na zvuk njegova glasa. A Larisa je glasno šmrcnula i nespretno obrisala suze.

Stone se sagnuo, raširio ruke prema njoj i rekao, "Hoće li pomoći jedan veliki zagrljaj?"

Larisa je odmah skočila na noge i uletjela u njegove zaštitničke ruke.

Annie je s velikom gorčinom, po prvi put u šest godina, shvatila da je u stvari napravila veliku grešku jer je izolirala Larisu od svih muškaraca, samo zato što je nju jedan povrijedio.

Dok je bolno promatrala prizor ispred sebe, sjetila se kad ju je Alan posjetio u Stamfordu – jedan jedini put.

Nakon što se Larisa rodila, Annie je ipak odlučila kontakrirati Alana – zbog Larise, jer je željela da ona ipak upozna svog oca. Nije željela da njezini vlastiti osjećaji stanu tome na put.

S obzirom da se Alan nije javljao na njezine pozive, ni poruke koje mu je ostavljala, Annie mu je odlučila pisati. I tijekom prvih mjeseci Larisinog života, redovito mu je slala pisma, šaljući mu i slike njihove kćeri.

I jedan dan Alan se iznenada pojavio na Anneinim vratima i kad mu se ona osmijehnula, vjerujući kako ga je uspjela pridobiti na svoju stranu, on joj je bacio sva pisma u lice s riječima, "Ne zanima me!" Nakon čega se okrenuo i otišao. To je bio trenutak najgoreg poniženja u Annienom životu. Konačno razočarenje u ljudsku narav.

I tek sad je postala svjesna činjenice što je od tada radila. Sve ljude koji su zbog bilo kojih razloga trebali doći u doticaj s Larisom (doktori, učitelji baleta i klavira, zubari) birala je uz uvijet da su žene. A Stoneov agresivan ulazak u njen dom je suočio Annie s gorkom istinom o tome koliku je grešku radila dok je bila uvjerena da štiti Larisu. Ali bolna istina je bila da Annie nije štitila Larisu, nego sebe.

9.

Prošlo je tjedan dana od piknika, i malo više od mjesec dana od kako je Stone preuzeo galeriju. I ne samo to, Annie je imala osjećaj da je preuzeo kontrolu nad njenim životom. Još uvijek je ljutilo njegovo toplo-hladno ponašanje, dok se ona polako počela ponašati poput bespomoćne i zaljubljene školarke. Došlo je do toga da joj je nedostajao kad nije bio s njom i Larisom. Počela se, protiv volje, navikavati na ideju da je postao sastavni dio njenog privatnog i poslovnog života, što je samo otežavalo pomisao da on neće još dugo ostati u Stamfordu. Prije ili kasnije, vratiti će se svom životu u New Yorku.

Čak ga je i Larisa neupitno i bezuvjetno prihvatila. On je za nju postao najdivniji čovijek na svijetu. To je bio prvi duži kontak s muškarcem u njenom šestogodišnjem životu i Larisa je počela oko njega graditi očinsku figuru, što je Annie, teška srca, dopustila jer zapravo nije imala mnogo izbora. Šteta je već bila počinjena i prije nego je Annie zapravo shvatila što se događalo.

Stone nije poznavao granice između privatnog i poslovnog života zbog čega je jako mnogo vremena boravio u njenom domu, a Annie je to dopuštala – zbog njega. Bilo joj je žao što ga je sudbina tako okrutno kaznila, ali je ipak bila i svjesna istine – kad kucne trenutak Stone će zauvijek otići i to će duboko povrijediti i nju i Larisu.

Larisa je svaki dan pitala za njega i željno ga očekivala. A te njene nevine čežnje su bile zarazne, jer je i Annie čeznula za njegovom prisutnošću u kući. Prestala se pitati zašto je toliko često bio tu, a počela je postavljati pitanje: kad će doći?

Stone joj je i dalje bio nepoznanica, isto kao i prvog dana kad ga je upoznala. Činilo se da je obožavao Larisu, ali prema njoj je i dalje bio čudan. Bilo je trenutaka kada bi bila gotovo uvjerena da je među njima postojala iskra privlačnosti, ali on bi je odmah zatim razuvjerio iznenadnim hladnim ponašanjem. Počela je vjerovati da se njena mašta poigravala s njom kad bi pomislila da je među njima bilo nešto više.

Stone je učinio čuda s galerijom. Kao što je i obećao, podigao je na novu razinu. Doveo je velike kupce, a lokalne umjetnike je distribuirao kao da su osmo svjetsko čudo. I danas je bio velik dan za galeriju jer su pripremili jednu od najvećih izložbi koju je ovaj grad vidio, predstavljajući Morrowa i Erica javnosti. Cijeli grad je brujao o tome i svi su uzbuđeno čekali početak svečane izložbe za koju se Annie pomno uredila. Odjenula je krem haljinu, bez naramenica, koja je ispod grudi bila obrubljena čipkom, te je u nježnim naborima padala prema tlu. A svijetlo smađa kosa joj je bila pomaknuta od lica u elegantnoj pletenici koja je završavala u obliku ruže iznad njenog desnog uha.

Još jednom se osvrnula i promotrila slike na panoima. Bile su izvanredan kontrast između sna i jave. I zadovoljno je zaključila da bi se uzvanicima doživljaj trebao jako svidjeti. A sanjivi dojam je bio pojačan vještom rasvjetom koja je bila raspoređena po sali.

"Predivno izgledaš," progovorio je glas iza nje.

Annie se okrenula prema Stoneu, dok joj je srce nervozno udaralo, te ga je odmjerila. Odjenuo je svečano plavo odijelo koje je samo rasplamsalo požudu koja je u zadnje vrijeme snažno gorjela u njenim venama.

"I ti također," uzvratila je uz drhtav osmijeh.

"Zaista blistaš," iznenada je dodao.

"Osjećam se kao da sanjam. Ne mogu vjerovati da si sve ovo uspio napraviti," iskreno je rekla.

"Svoj posao shvaćam ozbiljno. Kad nešto obećam, nastojim održati to obećanje."

"Shvatila sam. To je rijetka vrlina," rekla je, te spustila pogled jer nije u potpunosti mogla izdržati njegov koji je bio toliko tajnovit i intenzivan da su joj koljena zaklecala.

"Za mene je to pitanje časti," glas mu je bio dubok i hrapav.

Teško je progutala.

"Cijeli grad te uzdiže na prijestolje i zaslužio si divljenje," tiho je rekla.

Činio se smetenim njenom pohvalom.

"Nisam baš siguran da zavrijeđujem te riječi."

"Ali one su istinite," inzistirala je.

"Učinio sam ovo zbog sebe, a ne zbog grada."

Nasmiješila se i slegnula ramenima, "Znam, ali stanovnici Staforda itekako profitiraju na tvojim sebičnim ambicijama," široko se osmjehnula, "Za umjetnike si postao idol i spasitelj, dao si im novu nadu. Zbog tebe su motivirani da još više prionu k radu, jer se napokon pojavila osoba koja zna prepoznati i cijeniti njihova dijela i koja im u tome može pomoći."

Zamišljeno je zurio u nju, te rekao, "Umislit ću se od previše hvale," nasmijao se i prišao joj korak bliže, "A što ti misliš o meni, Annie Green?"

"Ja?" iznenađeno je upitala, osjećajući miris muškog parfema koji je lebdio oko njegova tijela kao aura.

"Da, ti."

Spustila je pogled, razmišljajući.

"Nisam sigurna," iskreno je odgovorila.

"Zašto nisi sigurna?"

"Još uvijek te ne mogu odgonetnuti."

"Hm."

Osjećala je njegovu blizinu koja joj je mutila

razum i nije pomagalo što joj je postavljao tako intimna pitanja. Zašto je iznenada želio znati ove odgovore?

"Ipak, mislim da si vrijedan divljenja kojeg ti svi ukazuju," napokon je rekla, "Ti si izuzetan poslovan čovijek."

"A privatno?" opet joj nije dopuštao da promijeni temu.

"Ne gledam tako na tebe," lagala je.

Jedna obrva mu se sumnjičavo podignula iznad pronicljivog zelenog oka. "Zašto ne? Zar ne provodimo dovoljno vremena i izvan posla?"

Annie je teško progutala, "Provodimo, možda i previše. Ljudi su počeli spekulirati o motivima našeg druženja. A ni ja sama nisam sigurna zašto toliko vremena provodiš uz mene i Larisu."

Zelene duboke oči su se neznatno stisnule dok je proučavao, "Možda sam samo usamljen. Osim tebe, nisam se zapravo s nikim zbližio u ovom gradu."

"Istina," osjetila je ubod razočaranja njegovim odgovorom.

"Ali možda imam neke druge, dublje i osobnjije motive," tiho je dodao promuklim glasom i primaknuo se za još jedan korak bliže.

Leptiri u Anneinom trbuhu su podivljali.

"Kakvi motivi?" prošaptala je.

Odjednom su se otvorila vrata iza njih i prekinula intiman trenutak koji su dijelili. I Annie je bilo žao što nisu bili sami kako bi mogli nastaviti ovaj razgovor.

Ali žamor koji se stvarao iza nje, vratio je u stvarnost.

Započinjalo je ludilo.

Kad se okrenula, Annie je vidjela kako im se, među uzvanicima, približavaju Tiffany i Steve, a iza njih je prepoznala lica gospodina Morrowa, Sarah i Erica.

Svi su se zaustavili neposredno ispred nje i Stonea, a Sarah je bila prva koja je progovorila, "Gospodine Stone, reklama odlično radi. Uvjerena sam da se vidi i iz aviona," obavijestila ga je.

Sarah je, isto kao i Annie, provela skoro cijeli dan u galeriji, pomažući u pripremama. I obje su imale veoma maleni vremenski prozor kako bi odjurile kući, presvukle se za svečano otvaranje i vratile se natrag. Onaj tren kad je Sarah ušla u galeriju, Stone ju je odmah poslao da provjeri novu reklamu koja je taj dan bila postavljena iznad ulaznih vrata. Annie je pomalo sumnjala da je Stone možda namjerno poslao Sarah vani kako bi ostao nasamo s njom, bar nekoliko trenutaka prije nego što sve započne. Annie se nadala da je to bio njegov pravi razlog, jer da je želio znati kako reklama radi mogao je to provjeriti i sam, pa je Annie bilo sumnjivo što je poslao Sarah da to učini.

Eric i Morrow su stigli zajedno s ostalim gostima. Stone je tako zahtijevao jer nije želio da se miješaju u odluku gdje će koja slika biti postavljena jer sve su slike bile na svojim mjestima s razlogom, i Stone je želio imati potpunu kontrolu nad time. *Po običaju*, pomislila je Annie.

S obzirom da obojica umjetnika nisu vidjeli postavu, oba muškarca su se s divljenjem zagledali oko sebe.

"Ludnica!" prvi je progovorio Eric s jasnim entuzijazmom u glasu. I kao i uvijek, nošen nekakvim unutarnjim adrenalinom, Eric je ponovno posegnuo za Annie kako bi je prigrlio, ali ona se ovaj put spremno odmaknula i uhvatila Tiffany ispod ruke, dajući na taj način Ericu do znanja da je ozbiljno mislila kad ga je odbila. Pri tome je uhvatila Stoneov znatiželjan pogled.

Eric je redovito dolazio u galeriju proteklih tjedan dana, i Stone je bio svjedokom njegovih nasrtaja, ali nikad do sada nije vidio Anneino odbijanje. Ona je Ericu dopuštala da je gnjavi ispred Stonea samo kako bi testirala koliko ga je to nerviralo. I zaista, često je mogla jasno vidjeti njegovo neodobravanje. Ali Annie večeras nije bila raspoložena za Ericove nalete. Ne kad joj je tijelo sve jače gorjelo za Stoneom.

"Kako su dječaci?" upitala je Annie, namjerno se zagledavši u Tiffany kako bi izbjegla Stoneov znatiželjan pogled i Ericov razočaran.

"Izvrsno su, iako moram priznati da mi je žao nove dadilje s kojom smo ih večeras ostavili," rekla je Tiffany uz osmjeh.

"Zašto?" upitala je Annie uzvraćajući joj smiješak.

"Jer su previše živi i stalno se natječu jedan protiv drugoga. Najčešće uništavaju sve što im se nađe na putu, uključujući i dadilje."

Annie se nasmijala na njeno tužakanje i nježno joj stisnula nadlakticu u znak potpore, zatim se okrenula prema Morrwou.

"Kako se osjećate večeras? Ovo je važna večer za vas," upitala je.

Morrow se široko osmijehnuo, "Moja draga Annie, ne mogu vam opisati koliko sam sretan."

"Gdje vam je supruga?"

"Trebala bi stići svaki tren. Morala je pričekati Hellen da dođe iz New Yorka jer je kasnila zbog prometa."

"Oh, i vaša kći dolazi? To je izvanredno!" veselo je odgovorila Annie i na trenutak pomislila kako bi Hellen mogla odvratiti Erica od nje večeras. Ako bi to upalilo uvelike bi joj olakšalo večer. I dok je razmišljala o tome, Annie je iznenada osjetila da se Stone isprsio pored nje i da je podigao glavu kako bi preko okupljenih mogao pogledati prema ulazu. Instinktivno je učinila isto i ugledala Jane kako im prilazi.

Namrštila se.

Annie još uvijek nije bila sigurna što je bila Janeina uloga u Stoneovu životu. Iznenada se sjetila Janeinog čudnog komentara o tome da ju je Stone tražio. *Pobogu, ne mogu vjerovati da sam na to u potpusnosti zaboravila!* Pomislila je. Ali što je vrijeme više odmicalo, više je sumnjala da joj je Jane to rekla samo kako bi je uznemirila. Što je u početku i uspjela, ponajviše zato što se Annie pitala zašto bi joj uopće rekla nešto takvo. Možda je Jane *nju* doživjela kao konkurenciju u lovu na Stonea, pa joj se pokušala uvući u glavu s tim čudnim komentarom i izludjeti je u potrazi za odgovorom. Na sreću, Annie nije dugo provela misleći se nad tim.

Jane je prisno prebacila ruke preko Stoneovih ramena kad se nagnula prema njemu kako bi mu utisnula poljubac na obraz.

"Dragi, sve izgleda predivno," rekla je Jane uz osmijeh.

Annie je osjetila kako joj se utroba stisnula dok joj je Janein naziv *dragi* zvonio u ušima.

Je li Jane bila razlog zašto se Stone prema njoj ponašao toplo-hladno? Jer su bili u nekakvoj vezi? Je li se zato povlačio svaki put kad bi se između njih pojavila iskra privlačnosti? Ali zašto joj nikad nije rekao da je s Jane? Zašto bi imao potrebu to skrivati? *Ako su u vezi, onda su u vezi! Pa što onda!* Ogorčeno je pomislila. Bože, opet je pala na muškarca koji joj je zagorčavao život! Kako joj je to uspjevalo? Zar nije naučila lekciju na najteži mogući način? Što je bilo potrebno kako bi se opametila? Još jedno dijete i muškarac koji pod svaku cijenu ne bi želio biti u njenom životu! *Oh!*

Odjednom je kratko lupila nogom o tlo, povođena vlastitim ogorčenim mislila, a zatim se ukočila kad su je svi upitno pogledali, posebice Stone, koji je još uvijek držao Janein uzak struk u svojim snažnim rukama.

Annie se natmurila i nije se niti potrudila ispričati zbog čudnog ponašanja.

"Koliko vidim, odazvao se velik broj ljudi," komentirala je Jane, proučavajući prostoriju i ignorirajući Annien ispad.

"Da, i jako sam zadovoljan time," odgovorio je Stone dok mu je pogled zadovoljno klizio preko natrpane sale, zatim se ponovno okrenuo prema Jane, "Mislim da je krajnje vrijeme da upoznaš neke od velikih kupaca umjetnina u ovom djelu Amerike. Dobro će ti doći poznanstvo s njima," rekao je, te položio dlan na Janeina leđa kako bi je poveo prema obližnjoj grupi.

Annie je ljubomorno zurila za njima dok su odlazili, a zatim se sabrala te se okrenula prema svojoj malenoj skupini.

"Gospodine Morrow, Eric," obratila im se što je mirnije mogla, "Pođite sa mnom kako bih vas predstavila okupljenima," rekla je, zatim se okrenula prema Tiffany, "Draga, pridružit ću ti se kasnije. Sad najprije moram obaviti svoj posao."

"Naravno," Tiffany joj se ohrabrujuće osmjehnula, zatim je uhvatila Stevea pod ruku kako bi se uputili u razgledavanje slika.

~

Izložba je bila toliko uspješna da je Annie poželjela vrisnuti od zadovoljstva. Apsolutno sve slike su bile rasprodane. Klijenti su tražili još, a Eric i Morrow nisu mogli vjerovati vlastitoj sreći.

Annie sa Stoneom nije stigla razmijeniti puno riječi. On je bio rastrgan između Jane i velikih New Yorških kupaca za čiji je dolazak bio zaslužan, dok je Annie na sebe preuzela lokalne umjetnike i stanovnike grada Stamforda.

Sati su proletjeli i činilo se kao da se nije niti osvrnula kako treba, a izložba je već bila gotova. Jedini dokaz da se sve zaista dogodilo bio je umor u njenim nogama i ukočenost na njenom licu od previše smješkanja.

"Mogu li te prebaciti kući?" odjednom je iza Anneinih leđa progovorio Stone, kad su napokon ostali sami, dok su zadnji gosti odmicali prema izlaznim vratima.

"Oh, a gdje je Jane?" nesigurno je upitala kad ga je pogledala.

Stone se nasmiješio i lagano nakrivio glavu dok je promatrao, "Jane je već odavno otišla. Sutra se rano vraća u New York."

"Oh, ipak mislim da joj se ne bi svidjelo da me voziš kući," promrmljala je.

"Kakve veze Jane ima s tim?"

Annie se zarumenila. Nije zapravo imala pravo komentirati nešto takvo! Nije ni znala jesu li oni bili u vezi ili ne, a još manje je znala je li ovaj poziv bio čisto nevine naravi. Oh, počela je gubiti razum.

"Ništa, ne obazirite se na mene. Samo sam umorna."

Stone se nasmijao, "Ako misliš da se nešto događa

između mene i Jane, u krivu si," mirno je rekao, na što je Annie nastojala ne reagirati previše veselo.

"Onda, mogu li te odvesti kuci?" ponovio je.

"Naravno," spremno je dočekala iako je njezin automobil bio parkiran iza galerije. Impulzivno je odlučila zanemariti tu činjenicu i iskoristiti priliku kako bi provela malo vremena nasamo s njim.

~

Nakon što su se smjestili u njegov automobil, Stone je bezbrižno upitao, "S obzirom na kasni sat, hoćeš li ostaviti Larisu kod Mary ili da ti pomognem da je preneseš u krevet?"

Annie se zagledala u njegovo lice koje je bilo obavijeno sjenama dok je pokušavala dokučiti kako shvatiti njegovo pitanje. Je li imalo nekakvo skriveno značenje? Je li se smjela nadati?

"Hvala na ponudi," tiho je odgovorila smatrajući kako je najbolje reći istinu i ne pretpostavljati nikakva skrivena značenja iza njegovih riječi, pogotovo jer od njega nikad nije dobila nikakve naznake da je bio zainteresiran za nju – čak naporotiv, bilo je sasvim suprotno. Ali naivna nada koja je gorjela u njoj je bila tvrdoglavija od razuma, "ali već sam dogovorila sa Mary da će prespavati kod nje. Tako je bolje i za Larisu i za mene."

Stone se koncentrirao na cestu i pokrenuo automobil, te mirno rekao, "Da, i tebi će dobro doći odmor."

"Da, jedva čekam skinuti cipele."

"Dobro bi ti došla masaža."

Njegov iznenadan i intiman komentar je zbunio i ne znajući što reći na to, odlučila je ušutjeti zbog čega su utonuli u tišinu, prepušteni vlastitim mislima ostatak puta.

~

Kad se parkirao ispred Anneine kuće, Stone je izašao iz automobila, obišao ga s prednje strane i otvorio joj vrata.

"Večer je ugodna, zar ne?" nježno je rekao dok je izlazila.

"Da. Ljeto je skoro pred vratima," uzvratila je dok joj je svježi zrak ugodno rashlađivao užareno lice.

Annie je polako koračala prema kući dok je Stone pratio u stopu. Bila je zaokupljena dvojbom što učiniti. Hoće li ga pozvati unutra na piće ili će mu samo poželjeti laku noć? Je li bila spremna na to da ga pozove? Bi li on prihvatio?

Zastala je ispred vrata i započela potragu za ključima na dnu torbice. Stone je strpljivo čekao, u tišini, čineći je nervoznijom. *Čekao je! Što je čekao? Na poziv da uđe?*

"Ah, tu su!" uzviknula je, ne pogledavši ga. Zatim mu je okrenula leđa i nervozno otključala vrata. Njegova tišina je izluđivala, jer nije znala što je očekivao od nje. Bi li ga trebala pozvati?

Kad se okrenula kako bi ga pogledala, još uvijek neodlučna što učiniti, Stone se iznenada primaknuo, rukama joj obujmio glavu i spustio svoje usne na njezine.

U Annie je eksplodirao vulkan strasti izazvan neočekivanim intimnim dodirom. Kao da se san silovito obrušio na stvarnost i ona više nije bila sigurna je li ovo bio dio sna ili jave.

Brzo je podignula ruke kako bi ih prebacila preko njegovih širokih ramena, te mu je dlanovima pritisnula zatiljak kako bi produbila poljubac, i kako bi ga privukla bliže k sebi – kao da se bojala da bi se on mogao odmaknuti od nje, predomislivši se. Ali umjesto toga, on joj je uzvratio istom snažnom strašću koja je kolala kroz njene vene i razarala svaku nadu za razumnim djelovanjem.

Osjetila je kako je njegove snažne ruke grle, njegovi prsti su se raširili na njezinim leđima, ostavljajući vreli otisak na haljini, toliko vrel da se čudila kako se haljina nije zapalila i izgorjela u nevidljivoj varti strasti koja je pucketala oko njihovih tijela.

Kad se čvršće priljubila uz njega, Annie je osjetila njegovu uzbuđenost koja je zaprijetila da će je gurnuti preko ruba razuma. Ali umjesto toga, Stone je ugurao u tamni hodnik njezine kuće i, bez da je ispustio iz zagrljaja, nogom je gurnuo ulazna vrata kako bi se zatvorila. Zatim je, bez pretjerane muke, podigao u naručje i dok je nastavljao piti s njenih usana, Annie je postala nejasno svjesna da ju je nosio prema spavaćoj sobi.

Nije se imala namjeru protiviti. Jer napokon je imala priliku kušati ga, mogla je osjetiti njegovo toplo tijelo kad je pritisnuo o krevet. Osjećala je pokrete njegovih mišića koji su se napinjali dok je trgao odjeću s nje. Ne, nije se imala namjeru protiviti. Željela ga je. Trebala ga je.

~

Dok se puteno rastezala u krevetu, Annieina svijest se lagano njihala na granici između jave i sna. Zatreptala je, te osjetila nježnu jutarnju svjetlost kako se pokušava uvući iza debelih zastora koji su skrivali visoke prozore. Odjednom se prisjetila da je zaspala u Stoneovom muževnom zagrljaju.

Zaljubljeni osmjeh joj je preletio preko usana dok se okretala na drugu stranu kako bi mu poželjela dobro jutro, ali razočarano je uzdahnula kad je ugledala prazan krevet pored sebe.

Sjela je i podbočila se rukama, te pogledala na sat koji se nalazio na noćnom ormariću pored kreveta. Bilo je sedam i petnaest.

Možda je Stone bio u kuhinji.

Podigla je lagani proljetni prekrivač i osjetila lagano rumenilo na obrazima kad je shvatila da je bila potpuno naga. U mislima su joj bljesnule vruće scene koje su se sinoć odigrale između nje i Stonea. Ali ipak nije mogla suzbiti osmjeh.

Povukla je kućni ogrtač koji je visio na vješalici pored visokog ormara, prebacila ga preko sebe i pošla u kuhinju.

Kad je shvatila da se Stone nije nalazio nigdje u kući, razočarenje koje ju je preplavilo bilo je snažnije nego što je očekivala.

Ali kad je otišao? Nije čula nikakve zvukove. Zar se iskrao kako kakav lopov? Zašto je nije pozdravio, objasnio joj zašto je morao otići tako rano? Zašto nije ostao?

~

Annie je kasnila pet minuta na posao, što je bilo neobično za nju, i zbog toga je Sarah zabrinuto pogledala kad je ušla.

"Je li sve u redu?" Sarah je užurbano upitala.

"Oh, naravno da jest. Promet je bio grozan," odgovorila je Annie dok je žustro koračala preko sale, "Je li Stone, ovaj, gospodin Stone već stigao?" upitala je nastojeći da joj glas zvuči što ležernije. Bilo joj je čudno oslovljavati ga s 'gospodine' nakon intimne noći koju u proveli.

"Nije još došao," ljubazno je odgovorila Sarah.

"Ah," uznemireno je rekla Annie. *Što je značilo ovo njegovo čudno ponašanje?* Upitala se, te nabrzinu rekla, "Molim te javi mi onaj tren kad stigne," zatim je nestala je prema uredu.

~

Negdje oko podneva, Annie više nije mogla izdržati mučne misli koje su je progonile cijelo jutro, te je uzela mobitel i nazvala jedinu osobu koja joj je mogla pružiti utjehu i potrebne odgovore.

Nervozno je lupkala noktima po stolu čekajući da se javi glas s druge strane linije.

“Hej, draga,” pozdravila je Tiffany.

“Učinila sam nešto strašno,” zavrištala je Annie u slušalicu.

“Što? Zvučiš uznemireno. Što se dogodilo?”

Annie je dlanom prekrila čelo i oči kad je prošaptala, “Strašna greška. Oh, Tiffany, kako sam glupa.”

“Ne razumjem o čemu je riječ. Objasni mi sve,” govorio je Tiffanyin zabrinuti glas.

U trenu kad je Annie htjela objasniti, zazvonio je telefon na njenom stolu.

“Samo trenutak, Tiffany, moram se javiti. Ostani na liniji, molim te,” rekle je, te uzela drugu slušalicu i prislonila je na uho, “Galerija Amor, kako vam mogu pomoći?”

“Annie, Sarah je. Gospodin Stone je stigao i upravo ide prema svom uredu,” obavijestila ju je, na što se Annie ukočila. Srce joj je toliko ubrzalo da je pomislila kako će je strefiti infarkt.

“Hvala ti,” brzo je promrmljala i kad je preglasno tresnula slušalicom o telefon, napravila je kiselu grimasu. Zatim se sjetila mobitela.

“Tiffany moraš – naprosto moraš – večeras doći do mene!”

“Ali što se dogodilo?”

“Odmah mi obećaj da ćeš doći? Trebam te. Nema sad vremena sve objašnjavati.”

“U redu, obećajem,” pomirljivo je rekla Tiffany.

“Moram ići. Vidimo se večeras.”

Annie je nervozno ustala, te duboko udahnula. Što će mu reći? Što će on njoj reći? Kako bi se trebala postaviti prema njemu? Jesu li oni sada bili *par*? Ne, sumnjala je u to. Zašto nije ostao? Njegov lopovski odlazak je cijeli događaj od sinoć pretvorio u neugodnost!

Duboko je udahnula, te na brzinu prešla kratku udaljenost od stola do vrata i naglo ih otvorila.

Zaustavila je dah kad ga je ugledala kako zuri u nju kao kakva životinja uhvaćena u zamku. Bilo je očito kako nije očekivao da će ona baš u tom trenutku otvoriti vrata. Odjednom je primjetila osobu iza Stonea.

“Jane?” Annie je iznenađeno izgovorila njeno ime, te razočarano dodala, “Mislila sam da si jutros otišla za New York?”

Jane joj se ljubazno nasmiješila dok je odgovarala, “Zamalo, ali Stone me zaustavio prije nego sam uspjela otići i zamolio me da ostanem još koji dan.”

Annie je problijedila. Zar je jutros najranije otrčao k Jane? Ali zašto?

Pogledala ga je.

Promatrao je s onim svojim bezizražajnim pogledom koji je beskrajno iritirao. Što je sve ovo značilo? Nije joj se niti osmjehnuo. Ni kimnuo glavom u znak pozdrava. Bilo što! Samo je tupo zurio u nju, dok se Jane stiskala uz njega u malenom hodniku.

Annieino srce je bolno pulsiralo i napokon više nije mogla podnijeti situaciju, zbog čega je rekla što je mirnije mogla, "Ispričavam se, ali moram obaviti nešto važno," objasnila je, te se progurala pored njih i uputila se niz hodnik.

Nije znala gdje je zapravo išla, ali pretpostavljala je da je htjela otići što dalje od njih.

Ušla je u malenu kuhinju i uznemireno se zagledala u zid.

Taj muškarac je toliko zbunjivao da se bojala kako silazi s uma. Vjerovala je u njegovu dobrotu. Oh, Bože! Zar je tako lako zaboravila na sve one glasine koje je o njemu čula, o tome kako je umjesto srca imao stijenu! Da je hladan i da gazi ljude na putu svog uspjeha. Bio je na glasu i kao veliki zavodnik žena i zašto je mislila da bi situacija s njom bila imalo drugačija? Zbog Larise? Je li zato vjerovala da je imao dobro srce? Jer se volio družiti s Larisom - zbog tko zna kakvih razloga – jer nije mogao imati djecu, a žarko ih je želio? Ili tko zna što drugo?

Prostenjala je.

Bila je tako naivna! Opet! Još jedan Alan! Ovaj je možda bio još i gori, jer je bio veći čudak!

Glasnije je zastenjala, a onda je začula korake kako se približavaju niz hodnik.

Brzo se okrenula i tiho provirila iza vrata kako bi vidjela tko je bio u pitanju. Nije bila raspoložena besmisleno razgovarati s Jane i tratiti enrgiju na pretvaranje kako je sve bilo u savršenom redu! Jer ništa nije bilo u redu!

Problijedila je kad je shvatila da je Stone bio taj koji se približavao kuhinji.

Oh, ne! Ne, ne! Previše sam uzrujana! Ako mi bilo što reče, briznut ću u plač! Ne mogu se sad suočiti s njim! Panično je razmišljala, te se počela osvrtati po prostoriji. *Moram se sakriti!*

Ugledala je uski, ali visoki garderobni ormar i trenutno procijenila da bi se mogla ugurati unutra.

Bez daljnjeg razmišljanja je otvorila vrata ormara i uvukla se između zaboravljenih kaputa koji su se tamo nalazili, te povukla vrata za sobom, ali ne dovoljno da bi ih u potpunosti zatvorila.

Ukočila se kad je čula da je Stone ušao u kuhinju i na trenutak je nastupila tišina, kao da je on ostao na vratima.

Zar nije znao po što je došao?

Odjednom ga je čula kako mrmlja, "Hm. Mogao bih se zakleti da sam je vidio kako ulazi ovamo."

Tražio je mene… Srce joj je ubrzalo.

Trenutak iza, začula je Stoneove korake kako se udaljavaju.

Glasno je izdahnula, te osjetila laganu vrtoglavicu shvativši da je cijelo vrijeme zadržavala dah kako je ne bi čuo.

Iskoračila je vani iz skorvišta i s gorčinom shvatila da je Bethany bila u pravu. Bila je beskičmenjak! Nije mogla vjerovati da se upravo skrila u ormar samo kako se ne bi morala suočiti s muškarcem s kojim je sinoć strastveno vodila ljubav! Što s njom nije bilo u redu?

Glasno je zastenjala.

Bilo bi bolje da za danas napustim galeriju, odlučila je. Reći će Sarah neka javi Stoneu kako je morala na hitan sastanak s klijentom na rubu grada. Samo se nadala se da će on u to i povjerovati.

~

Kad je Annie kasnije tog dana ugledala Tiffanyino lice na ulaznim vratima, s olakšanjem je uzviknula, "Gdje si više? Čekam te cijelu vječnost!"

Tiffany se nasmijala dok je prolazila pored nje noseći bocu vina.

"Morala sam ostaviti Stevea s uputama kako nasamariti dječake da odu na spavanje bez da sruše cijelu kuću. I to je potrajalo," rekla je, te podigla bocu vina, "Došla sam s taxijem kako bismo mogle uživati u ovom skupom vinu, gdje gori?" široko se osmjehnula.

"Oh, ulazi u kuhinju," rekla je Annie i nježno je pogurala prema naprijed.

"Gdje je Larisa?" upitala je Tiffany dok je hodala ispred nje.

"Stavila sam je na spavanje kako bismo mogle u miru razgovarati."

"Nadam se da nije nešto zaista užasno? Je li sve u redu s tvojim zdravljem? Larisa?" Tiffany je zabrinuto pogledala dok je sjedala za stol.

Annie se zagledala u nju, te duboko udahnula, "Sve ću ti objasniti, ali najprije..." okrenula se kako bi izvadila čaše za vino iz visećeg ormarića, zatim je sjela nasuprot Tiffany.

Tek nakon što im je napunila čaše, Annie je napokon progovorila, dok je Tiffany strpljivo čekala, "Spavala sam sa Stoneom," istisnula je uz bolnu grimasu.

Tiffanyine oči su se razgoračile, "Molim!?" uskliknula je pri čemu se zagrcnula vinom, "To definitivno nisam očekivala! Kad?"

Annie je posramljeno zaškiljila dok je odgovarala, "Sinoć, nakon što me dovezao s izložbe."

Tiffany se polako oporavljala od prvotnog šoka otpijajući novi gutljaj vina, zatim je polako rekla, "Dobro i što je toliko strašno u vezi toga? Osobno mislim da ti je bilo prijeko potrebno da te netko malo provalja među plahtama," rekla je uz široki osmijeh.

Annie se zaprepašteno zagledala u nju, "Kako možeš reći nešto tako? Zar mi ne želiš sreću?"

Tiffany je nakrivila glavu, gledajući je, "Ne razumijem?"

"Stone je najgori mogući izbor kojeg sam mogla napraviti!"

Tiffany je nemarno odmahnula rukom, "Opet se ne slažem s tobom. Mislim da je Stone iznimno zgodan i, oh!" uzbuđeno je uskliknula, "Moraš mi reći kakav je u krevetu! Je li velikodušan ljubavnik?" raširila je oči od znatiželje, zatim se iznenada namrštila, "Molim te nemoj mi reći da bude gotov u pola minute! Ne, to bi me uvelike razočaralo."

Što je Tiffany više nabrajala, to su Anneini obrazi više izgarali prisijećajući se sinoćnjeg događaja.

"Tiffany, nisam te zato pozvala," tiho je zaustavila prijateljičinu bujicu riječi, "Ali ako baš moraš znati, Stone je iznenađujuće velikodušan ljubavnik."

"Oh, znala sam!" Tiffany se široko nasmijala, zatim se ozbiljnije zagledala u Annie, "U redu, ako me nisi pozvala kako bi se pohvalila vrućom pričom, zašto si me onda zvala da dođem?"

Annnie je bespomoćno pogledala, te napokon priznala, "Glupavo sam zaljubljena u njega."

Tiffanyine obrve su poskočile od iznenađenju, "Oh. To nisam očekivala," otpila je novi gutljaj vina, te upitala, "Kad se to dogodilo?"

"Ne znam, jednostavno sam jedan dan postala svjesna da sam se zaljubila."

"I zašto smatraš da je to loše? Zar misliš da ti neće uzvratiti? Mislim, ipak je spavao s tobom, što znači da nešto ipak osijeća prema tebi, zar ne?"

"Nisam baš uvjerena," Annie je nesigurno promrmljala.

"Zašto to kažeš?"

"Način na koji se iskrao prije jutra je jednostavno čudan. Zatim se pojavio s Jane, za koju nisam ni sigurna u kakvoj su vezi. Je li mu zaista samo prijateljica ili tu postoji nešto više? Sve što sam o njemu do sada saznala je tako zbunjujuće..."

"Kako to misliš? Što znaš o njemu?"

"Saznala sam da je bio oženjen, ne može imati djecu i čini se da je zbog toga razvio nekaku vrstu opsesije u vezi djece," rekla je, te nesigurno slegnula ramenima, "bar tako mislim. Prema Larisi je divan, ali iz nekog razloga prema meni je čudan. Prate ga glasine da mu je srce hladnije od kamena, a opet s druge strane sam bila svjedokom koliko zna biti nježan i pažjiv," uzdahnula je, "Zbunjiva me. Ne razumijem zašto je želio spavati samnom? Zašto, ako je imao u planu ignorirati me sljedećeg dana? Zašto bi nam toliko iskomplicirao poslovu suradnju? Ne razumjem, zašto je to učinio?!" ogorčeno je zavapila, te sakrila lice među dlanove.

Čula je Tiffanyin suosjećajan uzdah, "Vidim da te cijela situacija zaista uznemirila," tiho je rekla Tiffany, te uhvatila Annienu ruku kako bi joj otkrila lice, "*Toliko* si zaljubljena u njega?"

Annie je bespomoćno pogledala, te prošaptala, "Nažalost, da. A on se čini gorim izborom od Alana," uzdahnula je.

Tiffany je odmahnula glavom, "Ne mora značiti. Iako nikad osobno nisam upoznala Alana, ne mogu reći ništa u vezi njega, ali upoznala sam Stonea i smatram kako on ima jako mnogo potencijala. Znam da su glasine o njemu strašne, ali to je samo u vezi poslovnog svijeta. A obje znamo da se u poslu ponekad treba oštro boriti da bi se napredovalo, zar ne? U profesionalnom svijetlu nema mjesta za one s mekanim srcem."

Annie je nesigurno kimnula glavom, a Tiffany je nastavila objašnjavati, "Nikad ništa nismo čule o njegovom privatnom životu. Razmisli malo. Njegova privatnost je toliko skrivena od javnosti da nitko nikad nije pisao o njegovom braku," Tiffany se značajno zagledala u Anneine oči.

Annie se iznenada uspravila u sjedećem položaju, te se zagledala u Tiffany, "Istina," na poslijetku se složila s njom.

A Tiffany je nastavila, "Što znači da je on – možda – sasvim dobar muškarac – van posla," nemarno je slegnula ramenima, "Mislim, ne možemo pouzdano znati, ali – ti bi mogla saznati," nasmiješila se.

Annie je zbunjeno pogledala, "Kako to misliš?"

Tiffany je nježno vrtjela čašu u ruci razmišljajući o tome, zatim je objasnila, "Daj mu šansu da ti objasni zašto je nestao i što hoće."

Annie se zamislila nad njenim riječima, a Tiffany je dodala, "Ne možeš paničariti samo zato što nije prošlo niti dvadeset i četiti sata od 'značajnog događaja', a on ti nije kupio ruže," zadirkivala je.

"Nije sve tako jednostavno, i to dobro znaš," Annie nije odustajala, "Nestao je prije zore i nije progovorio ni riječ o tome danas na poslu."

"Zar mi nisi rekla da si pobjegla s posla?"

Annie je napravila kiselu grimasu, te nevoljko priznala, "Da..."

“Pa nije baš da si mu dala pravu šansu da ti objasni,” nježno je istaknula Tiffany.

“Hm…” promrmljala je Annie, “Nisam razuvjerena. Mislim da se nije pravedno ponio.”

“Oh, tko bi tebi udovoljio. Ljubav nema nikakve veze s pravdom. Budeš li to uvijek tražila, nažalost, grdno ćeš se razočarati. Veze se osnivaju na kompromisima, a ne na tome tko je u pravu ili tko se pravednije ponašao.”

Annieina ramena su se objesila dok je govorila, “Tiffany, samo ne želim napraviti istu pogrešku koju sam učinila s Alanom,” rekla je tužnim glasom, “Ne bih to mogla preživjeti. Ne ponovno.”

Tiffany je suosjećajno uhvatila za ruku i utješno rekla, “Znam draga. Ali u ljubavi nema garancija za uspjeh, i sve što ti preostaje jest riskirati ako ikad želiš pronaći sreću.”

10.

"Annie dušo, kako si danas?" upitala je Sarah s majčinskom zabrinutošću kad je idućeg dana uhvatila malo vremena nasamo s Annie, u kuhinji galerije, "Jučer si bila tako blijeda prije nego si otišla na onaj iznenadni sastanak i nisi se vratila. Pobojala sam se da te možda zabolilo."

"Dobro sam, Sarah. Hvala ti na zabrinutosti," odgovorila je Annie uz ljubazan osmijeh dok je ulijevala kavu u svoju šalicu.

"Ono dvoje je dobro prionilo poslu," prokomentirala je Sarah gurajući se pored Annie kako bi uzela šalicu iz malenog visećeg ormarića.

Annie je znala o kome je Sarah govorila – Stone i Jane su cijelo jutro paradirali galerijom, smišljajući novi projekt, ne uključujući ni Annie ni Sarah u to.

Annie se izmaknula u stranu u skučenom prostoru, kako bi Sarah dala više mjesta, te je rekla, "Da, čini se kako nisu sposobni stati."

"Što je dobro za posao, pretpostavljam," rekla je Sraha, zatim se okrenula prema Annie s ozbiljnim izrazom na licu, "Ali, zabrinuta sam."

"Oh, zašto?" upitala je Annie, te otpila gutljaj vrućeg napitka.

"Strah me što će biti sa mnom jednom kad posao krene onako kako gospodin Stone predviđa," nesigurno je rekla, "Mislim, Annie, mi obje znamo da nisam pretjerano kvalificirana za ovaj posao. Sam Bog zna da sam ovdje isključivo zbog tebe i tvog dobrog srca, ali što ja znam o umjetninama?" rekla je s očajem u glasu.

"Nemoj tako razmišljati. Sve dok sam ja ovdje, ti si sigurna. Pobrinuti ću se za to."

"Ali stvari postaju vam moje kotrole, van mog znanja. Posao se širi."

"Sve što budeš trebala znati, naučit ću te, isto kao i do sada," utješno je rekla Annie, te je prišla Sarah i stavila joj ruku na rame, "Tako smo do sada funkcionirale i ne vidim razloga da promijenimo taktiku. Sve će biti u redu," rekla je i čvrsto se zagledala u Sarahine zabrinute smeđe oči.

Nakon nekoliko trenutka razmišljanja, Sarah je napokon popustila, "U pravu si," nervozno se nasmiješila, "Samo sam malo napetih živaca u poslijednje vrijeme. Sve ove promjene nisu dobre za mene. Kad čovjek dođe u odmakle godine, za njega je najbolja rutina," nasmiješila se, "A i Jane me čini nervoznom. S tom ženom nikad nisam sigurna što misli. Ne mogu je pročitati. I uvijek me promatra kao da joj predstavljam smetnju."

"Oh, zanemari to. Tko zna što joj se vrti po glavi. Možda je samo previše preokupirana s poslom," Annie je izmišljala razloge kako bi umirila Sarah, iako ni sama nije bila u stanju procijeniti Jane, "Samo nastavi raditi kao do sada, govori ono što sam te naučila i sve će biti u redu," dovršila je Annie, zatim se ohrabrujuće nasmiješila i uputila se do ureda dok se iz šalice uzdizao primaljivi miris brazilske kave.

Kad se približila Stoneovom uredu, shvatila je da su vrata bila otkučena jer je čula njegov i Janein glas.

Instinktivno je usporila korak.

"Nije mi jasno do kada je planiraš obmanjivati?" čula je Janein glas.

O kome su govorili? O meni – ili Sarah? Panično se upitala Annie, zaustavljajući se nedaleko od vrata kako bi mogla čuti što će iduće reći. Iako je znala da ne bi smjela prisluškivati, nije si mogla pomoći. Oboje, i Jane i Stone, su bili toliko uronjeni u misteriju da je jednostavno morala riskirati kako bi saznala bar nešto.

"Nisam još odlučio," mirno je odgovorio Stone.

Čula je kako je Jane glasno uzdahnula.

"Zar do sada već nisi saznao što si trebao?" upitala je Jane.

"Kompliciranije je nego što sam mislio."

"Zaista ne razumijem što tu ima biti komplicirano!" nestrpljivo je uzviknula Jane, "Je si li uspio pronaći nešto – bilo što – što se može upotrijebiti protiv nje na sudu?"

Na sudu? Ali o kome su oni to razgovarali? upitala se Annie, mršteći se. Ovo definitivno nije zvučao kao razgovor ni o njoj ni o Sarah, zaključila je. Bar ne u kontekstu koji bi njoj imao smisla. Možda su razgovarali o Stoneovoj bivšoj supruzi? Ili nekakvoj poslovnoj partnerici?

"Nažalost, ne," odgovorio je Stone.

"Ne mogu vjerovati. Pa nije svetica!"

"Nije, ali čini se kako nije ni ono što nam je bilo rečeno," ovaj put je Stoneov glas bio oštriji, "Rekao sam ti da je komplicirano."

Nastupio je kratak trenutak tišine, koji je zatim Jane prva prekinula, "I što misliš, do kada će sve ovo trajati?"

"Nisam siguran."

"Pa, ne možeš ostati ovdje beskonačno. Čeka te posao natrag u New Yorku, tvoj život. I mene, također. Predugo sam odlagala obaveze i one se polako nagomilavaju."

"Zar ne misliš da to ne znam!"

"Zašto jednostavno ne usvojiš dijete!" odjednom je rekla Jane, šokirajući Annie, "Ovo se čini previše kompliciranim."

"To ti i pokušavam reći," rekao je Stone tmurnim glasom, "Ne želim usvojiti, ne ako postoji šansa da bih mogao imati dijete koje nosi moje gene."

Annieino srce se stisnulo. Znači o tome se radilo. Stone je pokušavao imati djecu. Vjerojatno uz pomoć umjetne oplodnje ili nešto slično... Ali zatim joj se zavrtjelo od te spoznaje. Pokušavao je imati djete – s nekim drugim, a ona ga je voljela…

Prislonila je leđa snažnije uz zid, teško dišući. Ovo je stvarno kompliciralo cijelu situaciju. S kim je pokušavao imati djete? S Jane? S bivšom suprugom? S nekom nepoznatom ženom?

"Annie još uvijek ne zna?" odjednom je upitala Jane, a Annie se ukočila na spomen vlastitog imena.

"Ne," kratko je odgovorio Stone, te oštro dodao, "I nije na tebi da joj kažeš."

"Znam, znam," obrambeno je uzvratila Jane.

Annie je šokirano uzdahnula. Ali kad je čula zvuk pomicanja stolice kako dopire iz Stoneovog ureda, na brzinu se uspravila i, što je brže i tiše mogla, odšuljala se natrag u kuhinju prije nego što je uhvate u tom kompromitirajućem položaju.

Sarah je začuđeno pogledala Annie kad se ova ušuljala i zatvorila vrata za sobom.

"Zaboravila sam šećer," prošaptala je Annie.

~

Annie je do kraja radnog vremena opet došla do bolnog zaključka da ju je Stone cijeli dan izbjegavao. Ono malo riječi što su izmjenili, bilo je u Janeinoj prisutnosti i u vezi posla. Stone se činio izrazito zauzetim s Jane do sredine dana, a onda su negdje nestali.

Annie se osjećala kao da je bila na rubu živaca jer joj ništa nije bilo jasno. Njena logika nije uspjela pronaći način kako povezati riječi što ih je čula iz njegova ured s njegovim dosadašnjim ponašanjem prema njoj. A najviše od svega mučilo je pitanje zašto je Stone uopće spavao s njom?

Mučne misli je nisu napustile cijeli dan, ni sad dok je sjedila na trosjedu u svom domu i tupo zurila u televizor kasno u noć.

Odjednom se oglasilo zvono na vratima koje je bilo toliko neočekivano u ovaj kasni sat da je Annie prestrašeno skočila s kauča.

Najprije je otrčala u hodnik i stala osluškivati kako bi se uvjerila da zvono nije probudilo Larisu. Kad nije čula nikave zvukove, pohitala je prema vratima kako se zvono ne bi oglasilo i po drugi put.

"Skoro je ponoć!" ljutito je mrmljala dok je pokušavala kroz špijunku na vratima vidjeti tko se nalazio s druge strane.

Problijedila je, "Što *on* radi ovdje?"

Drhtavo se odmaknula, te otljučala vrata kako bi ih otvorila.

Kad se našla ispred njega, Stone je usne razvukao u osmijeh prepun kajanja i isprike, samo što Annie nije bila sigurna za što se točno ispričavao. Za kasni posjet? Za čudno ponašanje u posljednjih nekoliko dana? Ili oboje? I nije bila sigurna je li mu bila sprema oprostiti – za sve od navedenog.

Annie se pokušala namrgoditi i zračiti nedobrodošlicom, ali nije bila sigurna je li uspjevala u tome. "Što radiš ovdje? Zar ne znaš koliko je sati?" ljutito je upitala.

"Znam, oprosti," rekao je.

Oh, znači ipak je sposoban za isprike! Ogorčeno je zaključila. *I trebalo mu je svega dva, skoro tri dana da mi se ispriča! Oh!*

"Mogu li ući?" upitao je.

"Ne vidim razlog zašto bih ti dopustila?" izlanula je.

Njegove obrve su poskočile u iznenađenju. Zaista nije bio naviknut na odbijanje. I možda je bilo krajnje vrijeme da ga je netko poučio i toj lekciji.

"Želim razgovarati s tobom," tiho je rekao.

Annie je stisnula zube. Koliko god je u njoj gorjela želja da mu zalupi vratima pred nosom i nauči ga da tretira ljude s poštovanjem, toliko je jednakom snagom u njoj gorjela znatiželja da sazna o čemu je htio razgovarati i što joj je zapravo došao reći u ovaj kasni sat. Oh! Dopustit će mu da uđe! Znala je, jednostavno je znala da će mu dopustiti! *Koji si ti slabić!* Prekorila se i odmaknula se od vrata kako bi mogao ući.

"Hvala," rekao je kad je prošao pored nje i zaputio se prema dnevnom boravku.

Kad je zaključala vrata, Annie se okrenula i shvatila da Stone nije ušao u boravak nego je i dalje stajao u hodniku i zurio u nju.

"Je li sve u redu?" zabrinuto je upitala i prišla mu.

On se primaknuo korak bliže k njoj, dok je ona zbunjeno zurila u njega, nesposobna shvatiti njegovo ponašanje. Stone je zatim odjednom privukao u zagrljaj i položio svoje grube usne na njene.

"Hej!" protestirala je u njegava usta, "Ne možeš tek tako upasti i..." prekinuo je njegov poljubac koji je postao nježniji i sporiji. *Oh, ne!* odzvanjalo joj je u glavi dok se prepuštala putenom milovanju snažnih ruku i senzualnom okusu njegovih usana.

"Oh, ne! Proklet bio, zašto imaš ovoliku moć nad mojim tijelom," uspjela je promrmljati između poljubaca. Osjetila je kako su se njegove usne pod njezinima izvile u osmjeh kad ju je, isto kao i prošli put, uzao u naručje i ponio u krevet.

Opet isti scenarij! Koji si ti slabić! Ukoravala se, ali nije smogla snage oduprijeti se. Želja za njim, koja je gorjela duboko u njoj, je bila snažnija od samog Herkulesa. Ali ni da je imala snagu tisuće Herkulesa ne bi mu se mogla oduprijeti kad je ovako ljubio. U njegovom poljupcu je bilo toliko želje i toliko nježnosti da nije mogla vjerovati da je u pitanju bio onaj isti Stone koji je dolazio na posao svaki dan.

"Pokušao sam ne doći," promrmljao je pored njenog uha, "Ali bilo je gotovo nemoguće..." njegove usne su klizile niz njen vrat dok su njegove riječi pojačavale drhtaje njenog tijela.

I on je želio nju, isto koliko i ona njega! Sreća koja je preplavila, pomiješana se s ekstazom izazvanom njegovim dodirima, prijetila je Anneinom tijelu da će eksplodirati od zadovojstva.

"Trebam te," uzvratila je zadihanim glasom dok

joj je skidao majicu preko glave, nakon čega se obrušio na njene grudi koje su čeznule za dodirom.

Annie ga je zatim povukla naviše i zaronila je zube u udubinu njegovog snažnog vrata, te nježno gricnula mirisnu kožu. Kad je osjetila trzaj njegova tijela, osjetila je snažnu želju preuzeti kontrolu nad njim – bar na ovaj način – izazivajući reakcije njegovog tijela *kad* i *kako* je ona htjela. Ta misao je ispunila samopouzdanjem. Bar ovdje, u njenom krevetu – večeras – ona će biti glavna.

~

Niti sekindu nakon što se okupan u znoju srušio na Annieina prsa, Stone je odjednom poskočio s kreveta i uspravio svoje veličanstveno nago tijelo, dok se Annie još uvijek puteno rastezala na krevetu sa sanjivim osmjehom na licu.

Njen osmjeh je zamro kad je shvatila da je on zgrabio hlače s poda i počeo ih odjevati.

Naslonila je glavu na dlan, te se podbočila o krevet i nesigurno upitala, "Zar već odlaziš? Ali, rekao si da si došao razgovarati?"

"Žao mi je, ali moram ići," odgovorio je kad je zgrabio košulju, "Sutra rano imam konferencijski razgovor s Japanom."

Japan? Bethany joj je rekla da mu je bivša supruga navodno od tamo. Je li s njom imao razgovor? U vezi posvajanja?

Bez obzira na razloge, Annie je osjetila kako je preplavljuje bolno razočarenje. Osjećala se krajnje iskorišteno i *sama* je tome bila kriva. Stone možda jest upao u njen dom, usred noći, i uzeo je kao kakav razbojnik, bez uvoda, bez objašnjenja, ali *ona* je bila ta koja mu je to dopustila. Nije ju ponizilo njegovo ponašanje toliko koliko činjenica da ga nije spriječila da je iskoriti – ponovno.

Namrštila se. Ovo nije bila ona! *Ne! Zaslužijem bolje od ovoga!*

Tužno je uzdahnula, te se otkotrljala na drugu stranu kreveta kako ne bi morala promatrati kako odlazi.

Ali kad je čula da je zatvorio vrata za sobom, briznula je u plač.

~

"Ok, Annie," promrmljala je samoj sebi u bradu, te je duboko udahnula ispred vrata galerije, "Danas je novi dan i vrijeme je za promjene!" ohrabrivala se, te povukla teška ulazna vrata i ušla u galeriju.

"Dobro jutro, Sarah," veselo je pozdravila dok je prilazila Sarahinom stolu. Nije zaista bila dobro raspoložena, ali Sarah to nije morala znati.

Annie je danas odlučila razgovarati sa Stoneom i objasniti mu da ga je, nažalost, navela na pogrešnu sliku o njoj i odlučila ga je obavijestiti kako u buduće neće tolerirati njegova nenajavljena pojavljivanja na njenim vratima niti će tolerirati nikave pokušaje da s njom ponovno vodi ljubav. Ona možda jest očajnički trebala muškarca u životu, ali nije bila spremna toliko se ponižavati zbog toga. Vrijeme je da zaustavi ovo što se događalo među njima i da povrati vlastito, ako ne i njegovo, poštivanje. *Pod cjenu otkaza,* pomislila je. Uostalo, ako je držao ovdje samo zato što mu je dopustila da joj radi ono što je sinoć radio, to će se onda morati promjeniti.

"Jutro, Annie," odvratila je Sarah, "Eric te tražio. Inzistirao je da želi pričekati u tvom uredu dok ne stigneš."

"Oh," Anneino lice se objesilo do poda. Samo joj je još on trebao. "Hvala na upozorenju," rekla je, te se mrzovoljno uputila do ureda.

"Hej, Annie," pozdravio je Eric kad je otvorila vrata. Sjedio je udobno zavaljen na stolicu koja je bila namjenjena klijentima, samo što ju je on okrenuo prema vratima kako bi mogao vidjeti trenutak kad Annie stigne. "Nadao sam se da neću morati dugo čekati," rekao je, te se osmjehnuo s mladenačkom nevinošću koja nije mogla zavarati Annie. Kako to da je Erica tako lako čitala i nije mu dopuštala da se prema njoj odnosi ništa manje nego s poštivanjem, a isti taj tretman nije bila u stanju primjeniti i na Stonea? *Oh! Grozno!*

"Dobro jutro, Eric. Što tebe donosi ovdje ovako rano?" upitala je, te ga je na brzinu zaobišla kako bi sjela na svoje mjesto za stolom – nasuprot njemu, ali i kako bi izbjegla njegov prisniji pozdrav u obliku zagrljaja, poljupca ili tko zna što drugo bi mu palo na pamet.

"Došao sam vidjeti kako si. Ponašala si se veoma čudno na svečanoj izložbi, pa nisam bio siguran je si li možda ljuta na mene? Jesam li nešto skrivio?"

Annie se ugrizla za usnu. Da, izbjegavala ga je na izložbi toliko da je na kraju postalo neugodno – za oboje. Ali, naprosto nije bila raspoložena za njegovo upucavanje tu večer, ne kad je ona sama stalno pokušavala vidjeti gdje se Stone nalazio, s kim je bio i što je radio.

Zurila je u Erica razmišljajući o nastaloj situaciji.

Evo, ispred nje je bio mlad muškarac koji je želio, pozvao je na spoj i došao je provjeriti je li bila ljuta na njega. Došao je optužiti da se čudno ponašala – ista optužba koju je ona željela staviti danas ispred Stonea. A zašto se prema Ericu čudno ponašala? Jer ga nije željela... Bi li to mogao biti odgovor i u Stoneovom slučaju?

Namrštila se.

Ali zašto se Stone sinoć pojavio na njenim vratima, ako je nije želio? Ona se sigurno nikad ne bi pojavila na Ericovim vratima... *Stoga situacija nije mogla biti potpuno ista,* nadala se.

Eric se na mnogo načina odnosio prema njoj daleko bolje od Stonea, a ona ga je ipak odbila. I prihvatila je biti s muškarcem koji je nikad nije pozvao na spoj, koji joj nije niti objasnio zašto je želio podijeliti nekoliko strastvenih trenutaka s njom? Ako mu je bilo stalo samo do seksa, Annie je bila uvjerena da je to mogao lako dobiti od bilo koga drugoga. Jane, na primjer. Ili tko zna tko ga je još čekao u New Yorku.

Sinoć joj je rekao kako je pokušao ne doći kod nje, ali da nije mogao odoljeti... Da je morao doći... Kako čudno. Zašto bi to rekao? Što je htio?

Oh! Annie je odmahnula glavom. *Morat ću razgovarati s njim.* Ako on neće biti bolja osoba u ovom slučaju, onda će ona morati smoći hrabrosti i oboje ih suočiti s gorkim razgovorom, pod cijenu – što god trebala žrtvovati. Već je jednom bila okrutno odbačena i nije moglo biti gore od toga. Ovaj put bar nije bila toliko dugo u vezi, ni toliko mlada i naivna, ni toliko trudna kao onda.

Moraš to učiniti, ohrabrivala se.

"Annie?" oglasio se Ericov glas, prizivajući je natrag u stvarnost, "Činiš se odsutnom. Je li sve u redu?" zabrinuto je pogledao.

Annie je nemarno odmahnula rukom, "Naravno, sve je u redu. Samo sam veoma zauzeta. Žao mi je ako ti se čini kao da te izbjegavam, ali – Eric, rekla sam ti kako želim da naš odnos bude isključivo profesionalan i sve što želim jest pomoći ti kako bi prodali što više tvojih radova i, ako je moguće, učiniti zvijezdu od tebe," rekla je uz ljubazan osmjeh nadajući se kako će mu napokon doprijeti do svijesti kako nije bila zainteresirana i kako je željela da njihov odnos zaista ostane u profesionalnim granicama u koje ga je uporno gurala. Nije imala ništa protiv da budu prijatelji, ali davno je naučila da se s pretjerano samopouzdanim muškarcima nije moglo biti prijatelj. Svaku nježniju gestu su tumačili kao seksualnu zainteresiranost, što je uvijek dovodilo do neugodnosti, stoga je morala prema Ericu biti stroga. Osim ako koji slučajem nije bio jedan od onih koji su voljeli kad bi ih žene stavljale na njihovo mjesto? *Oh, glava će me zaboljeti od svega ovoga! Kad mi je život postao ovoliko kompliciran!?*

Iako je vrištala u mislima, Annie je nastojala da joj lice ništa ne oda dok je gledala u Erica.

"Razumijem," napokon je progovorio, "Samo sam se htio uvjeriti da je među nama sve u redu."

"Naravno da jest," osmijehnula se i ustala kako bi mu dala znak kako želi da ode.

Shvatio je i također ustao pružajući joj ruku koju je prihvatila.

"Zaista imam jako mnogo posla, ali drago mi je da si svratio," rekla je, te na brzinu dodala, "Vidjet ćemo se uskoro na sastanku sa gospodinom Stoneom."

"Da... sastanak," promrmljao je, te pomalo nevoljko napustio ured.

Annie je glasno uzdahnula. *U redu, jedan manje... još jedan.* Danas je odlučila biti čvrsta i istjerati neke stvari na pravi put.

Nekoliko trenutaka nakon što je Eric nestao iz njenog ureda, Annie je začula nježno kucanje.

Namršteno se zagledala u vrata. *Zar još nije otišao?*

"Naprijed," mrzovoljno je rekla, međutim odahnula je kad se kroz vrata progurala Sarahina glava.

“Annie, dušo, smetam li?”

“Ne smetaš,” osmjehnula se, “Uđi.”

“Ma, samo sam ti željela dati ovu kuvertu,” rekla je, te pružila bijelu kuvertu prema Annie, “Gospodin Stone je nakratko svratio i rekao mi neka ti je dam.”

Annie je problijedila dok je uzimala pismo, “Hvala ti,” kruto je rekla.

“Oh, i rekao je da se neće vraćati za danas,” obavijestila je Sarah dok se udaljavala.

Annie je zurila u kuvertu. Što bi joj mogao poslati? Pismo u kojem ju je otpuštao? Ne, to bi bilo smiješno. Poznavajući ga, bila je uvjerena da bi on više volio uživati u njenom jadu osobno. Ali što bi onda moglo biti?

Oh, pobogu, otvori i saznat ćeš! Prekorila se, te se zarumenila zbog vlastite zbunjenosti. *Ne mogu vjerovati da me iti sam spomen njegova imena ovoliko izbaci iz takta i poremeti svaku nadu za razumnim razmišljanjem! Mozak kao da mi se restartira i vrati me u tinejdžerstvo! Ovo je nevjerojatno!*

Nevozno je otkinula rub kuverte, napokon je otvorila i unutra je pronašla – ulaznicu. Za kazalište!

Iznenađeno je zurila u papir.

Predstava, napravljena po knjizi Agathe Christie, Deset malih crnaca[2] je igrala večeras u sedam i trideset u The Palace Kazalištu. *Kako čudan izbor,* pomislila je. Već je čitala istoimenu knjigu,

---

[2] Engl = And then there were none ili Ten Little Niggers

također je gledala i mini-seriju, tako da je znala o čemu je bila riječ. Knjiga joj se svidjela, pa nije imala ništa protiv toga da uživo doživi i predstavu, a i da izađe iz kuće – na bilo kakvu vrstu zabave. Međutim, i dalje je smatrala kako je izbor bio pomalo čudan. *Mogao je pronaći nešto romantičnije,* uhvatila se kako razmišlja. A onda joj je palo na pamet kako možda nije bilo ništa zanimljivije u kazalištima u ovom trenutku.

Brzo je sjela za laptop, te provjerila kazališta u Stamfrodu. I zaista, Agatha Christie je bila najbolji izbor, pogotovo ako se usporedi s mjuziklom 'Sweeney Todd'. Možda se Stonu samo išlo u kazalište, bez obzira to što je igralo, samo kako bi bio – s njom? Zar se smijela nadati? Što je sve ovo značilo? Ništa joj nije rekao ni prvi, a ni drugi put nakon što su spavali… a sad joj je poslao ove karte… *Možda se želio iskupiti?* nadao se glupavi, zaljubljeni dio njenog uma.

Oh, ne, ne, ukorila se, odlučivši da neće nasjesti na ovu njegovu gestu, bez obzira što je bio razlog. Morat će s njim razgovarati i to je bilo konačno. Jednostavno je, nije mogla ovako nastaviti. Ili će morati definirati ovo što se među njima događalo ili će to isto okončati – zbog njenog zdravog razuma, ali i posla kojeg je još uvijek trebala. Nije baš imala ušteđevinu, a sama pomisao da bi morala od Bethany posuditi novac dok se ponovno ne snađe je bila užasavajuća.

~

"I kakva ti je bila predstava?" upitao je Stone dok su se udaljavali od kazališta prema parkiralištu gdje je ostavio svoj automobil.

Annie ga je nesigurno pogledala krajičkom oka. To je bilo tek drugo pitanje koje joj je postavio večeras. Prvo pitanje je bilo: *Kako si?* koje joj je postavio kad je došao po nju i nakon toga je utonuo u neprirodnu tišinu. Annie nije bila sigurna zašto ju je pozvao ako se planirao panašati toliko čudno i distancirano.

Još uvijek je planirala s njim započeti prijeko potraban razgovor, ali uvelike bi joj olakšalo kad bi se on ponašao bar donekle normalno. Možda je ovo – sada – bila prilika da započnu bilo kakvu temu koju bi ona onda mogla iskoritit kao uvod u onaj komliciraniji i osobniji dio prijeko potrebnog razgovora.

"Bolje nego što sam očekivala," rekla je, te nastavila, "Svidjela mi se produkcija i glumci su bili nevjerojatno uvjerljivi, do točke da su me srnsi prolazili od napetosti."

"Da, i meni se svidjelo," nasmiješio se, što je Annie vidjela kao dobar znak. On je zatim dodao, "Voliš li njene romane?"

"Od Aganthe Cristie?" iznenađeno je upitala Annie.

"Da."

"Prvo: čudi me da *ti* znaš za nju, a drugo: zavisi kako sam raspoložena," iskreno je rekla.

On se glasno nasmijao, “Pretpostavljam da to ima smisla. Nismo uvijek raspoloženi za misterij i dramu.”

“Tako je,” uzvratila mu je osmijehom, te ga pogledala blistavih očiju, “Preferiram lagane priče kao bijeg od stvarnosti,” glas joj je poprimio sanjivu notu, “Nešto što bi mi moglo dati nadu da se snovi mogu ostvariti, ali i nešto što bi mi se moglo učiniti kao da bi mogao biti moj život u nekakvom paralelnom svijetu, u nekoj drugoj stvarnosti…”

Nakrivio je glavu kad je pogledao, “Zar nisi zadovoljna svojim životom ovdje i sada?” znatiželjno je upitao.

“Hm,” promrmljala je dok je zamišljeno zurila ispred sebe, zatim je rekla, “Nije to tako jednostavno, ali recimo da nisam ovako zamišljala svoj život kad sam bila mlađa.”

“Da, nitko zaista ne sanja o tome da postane samohrana majka,” složio se.

“Sigurna sam da ima žena koje to postanu jer tako žele, ali ja nisam imala puno izbora,” glasno je uzdahnula zbog čega je Stone znatiželjno pogledao. Brzo je dodala, “Nemoj me krivo shvatiti. Larisa je nešto najbolje što mi se u životu dogodilo i zbog toga ne žalim. Ne bih mogla zamisliti život be nje,” zaustavila se kad se sjetila njegove situacije. Nije baš bilo pravedno govoriti mu o tome koliko su djeca bila vrijedna svake žrtve kad on sam to nije mogao osobno doživjeti i možda nikad ni neće. Odlučila je zbog njega ne nastaviti temu, zbog čega je uplovila u tišinu.

U međuvremenu su stigli do njegova automobila, i Annie ga je promatrala kako bez riječi otvara vrata, najprije njoj, zatim sebi, te je upalio auto koje se zatim pokrenulo.

Bili su već na pola puta do njene kuće i Annie se osjećala rastrgana vlastitim mislima. Morala je znati što se događalo u njegovom umu, koji su bili njegovi razlozi... Ali kako započeti takvu temu?

Slučajno su dodirnuli temu o djeci nakon čega se Stone povukao u sebe i obavio se šutnjom koja kao da je bila njegova druga koža, dok je u njoj izazivala samo komešanje i pojačavalo njenu nelagodu. I kako sad izaći iz ove mučne šutnje?

Razmišljala je...

"Zašto si me pozvao u kazalište?" njeno iznenadno pitanje je raspršilo tišinu koja je gusto ispunjala unutrašnjost auta do stupnja gušenja.

Stone je nije pogledao, nego je nastavio promatrati cestu ispred sebe kad je mirno odgovorio, "Mislio sam da bi ti dobro došlo da malo izađeš iz kuće. Ne mora ti se život svesti samo na posao i majčinske obaveze."

Iako su riječi koje su izlazile iz njegovih usta bile ugodne uhu, ipak ton kojim ih je izgovarao je Annie ispunio hladnoćom.

"Iskreno," odjednom je čvrsto rekla, "Nisam sigurna kakvu igru igraš." Srce joj je luđački udaralo u grudima. Nije voljela konflikte i nadala se da se ovo neće pretvoriti u jedan.

On je polako okrenuo glavu, ali nije se usprotivio, što je razočaralo. *Znači da je ipak igrao nekakvu igru? Ali kakvu?*

"Na što točno misliš?" polako je upitao.

"Zašto si spavao sa mnom? I zašto si se nakon toga ponašao kao da se ništa nije dogodilo?" hrabro je upitala. Zaslužila je znati odgovore na ta pitanja.

"Privlačna si," mirno je odgovorio.

Razočaranje je raslo u njoj. *Zar samo to?*

"Zar samo to?" naglas je upitala.

"Zar ti treba više razloga?" upitao je i dalje se koncentrirajući na cestu ispred sebe.

"Mislim da treba," oštro je rekla dok su joj obrazi gorjeli, "Da se to dogodilo samo jednom, možda bih i razumjela tvoj odgovor. Ali dogodilo se dva puta..."

"I ti si sudjelovala u tome. Ne sjećam se da si se suprotstavljala, pa mi nije jasno zašto mi pokušavaš nabiti osjećaj krivnje?" obrambeno je upitao.

Zaprepašteno ga je pogledala, "Krivnja? Zar je to sve što osjećaš nakon onoga što se dogodilo?" glas joj je imao prizvuk dubokog razočaranja.

Stone je kratko pogledao, zatim je počeo zaustavljati auto. Kad je Annie pogledala kroz prozor vidjela je da su stigli na njen prilaz.

"Annie, stvari nisu tako jednostavne," rekao je kad je zaustavio automobil i okrenuo se prema njoj.

Ona je još uvijek gledala vani kroz bočni prozor,

zureći u svoju malenu jednokatnicu koja joj se u tom trenutku učinila nevjerojatno praznom – usamljenom – i osjetila je suzu kako se otkotrljala niz njeno lice.

"Ne vidim u čemu je problem," tiho je rekla nastojeći se pribrati. Zadnje što joj je trebalo jest da napravi dramu ispred njega. Pokušavala se uvjeriti da joj nije toliko stalo.

"Komplicirano je," njegov glas je zvučao odsutno.

Sabravši se, Annie se okrenula prema njemu i zagledala se u njegovo lice prekriveno sjenama. Oči su mu dobile duboku zelenu nijansu, a sjena koja ih je skrivala je bila pojačana njegovim mrštenjem. Pune senzualne usne je stisnuo u crtu kao da se suzdržavao. Ali što je pokušao ne reći? Zašto se suzdržavao? Zašto je bilo toliko komplicirano? Mogli su pronaći način… Međutim, umjesto da je izgovorila sva ta pitanja, ljubaznim glasom, tonom koji bi ga naveo na suradnju, na povjerenje – umjesto svega toga, u njoj je proradio ponos koji je postao prevladavajuća emocija. Zašto bi ona njega preklinjala da bude s njom!?

I upravo zbog te zadnje misli je grubim glasom rekla, "Mislim da je bolje da od sada budemo strogo poslovni." Nije čekala njegov odgovor ni slaganje, stisnula je kvaku na vratima i brzo izašla iz automobila, te se uputila prema ulaznim vratima.

Zašto je imao toliku moć nad njom? Kako? Kako je moguće da je bio potreban samo jedan muškarac da se žena pretvori u totalnu budalu? Nije mogla vjerovati! Bila je krajnje inteligentna, pažljiva, oprezna! Godinama – godinama se nije dala uloviti u ovakve besmislene igre, i sad nije znala kao povratiti kontrolu nad vlastitim životom i vlastitim emocijama.

Nakon što je odsutno otključala vrata, u trenutku kad ih je gurnula kako bi ušla, zaustavila je nečija snažna ruka na ramenu.

"Annie," progovorio je Stoneov duboki glas iza nje.

Zadrhtjela je.

"Stalo mi je," promrmljao je pored njenog uha dok je njegov dah milovao po vratu.

"Isuse," promrmljala je. Zašto je imao toliku moć nad njom? Kakav je to vražji ugovor bio potpisan da je on dobio kontrolu nad njenim tijelom, jer ono je reagiralo na njegove naredbe, a ne na njene.

"Nemaš pojma koliko je komplicirano," on je opet prošaptao i Annie je osjetila kako je naslonio svoje čelo na njen zatiljak i ostao u tom položaju dok je upijao njen miris, a nju je prožimala snažna ljubav koju je osjećala prema njemu.

Stone se odjednom odmaknuo od nje i Annie je čula kako se njegovi koraci udaljavaju.

Okrenula se i gledala kako se njegov automobil udaljava niz ulicu.

11.

Oko deset i trideset idućeg dana, Sarah je pozvala Annie na recepciju jer je došao dostavljač koji je imao nešo za nju, ali Sarah joj nije htjela reći što je bilo u pitanju.

Kad je stigla u salu, Annie je u ruke dobila prekrasan buket. Odmah je prepoznala Tiffanyino djelo, a prepoznala je i dostavljača, mladog Jacka, sedamnaestogodišnjeg Tiffanyinog susjeda kojeg je povremeno zapošljavala da radi za nju. Buket je bio mješavina bijelih ruža i ljubičastih frezija, upotpunjen sa zelenom paprati.

Dok se vraćala u ured, divila se prekrasnom cvijeću i omamljujućem mirisu koji se oko njega širio. Draga Tiffany, uvijek je znala kako Annie izmamiti osmjeh na lice i to joj je upravo trebalo u ovom trenutku.

Nakon što je stavila cvijeće u široku staklenu vazu, Annie je tek tada primjetila malenu bijelu katicu. Izvukla je kako bi je pročitala:

Nadam se da ti se sviđa,

L.S.

Stone? Cvijeće je bilo od njega!?

S obzirom na njegovo sinoćnje ponašanje, Annie nije očekivala ovako romantičnu gestu. Ali zašto joj je slao ovakve izmiješane signale? Bila je uvjerena da su sinoć jedno drugome jasno dali do znanja da će njihov odnos u buduće biti isključivo profesionalan? Zar je odlučio to nepoštivati? Zar je odlučio da među njima ipak postoji nešto više? Je li ovo bio tračak nade? Je li se usudila nadati? Što je ovo značilo!?

Tupo je zurila u buket, zbunjena cijelom situacijom dok joj se u mislima rojio čitav niz pitanja. Zatim je ispružila ruku, uzela mobitel sa stola i nazvala Tiffany jer je hitno trebala nekoliko odgovora.

“Pretpostavljam da si dobila cvijeće i da me zato zoveš?” progovorio je Tiffanyin veseli glas s druge strane linije.

“Ne mogu vjerovati da mi je ovo poslao!”

“To je dobar znak, zar ne?”

“Ne znam. Nisam u ništa sigurna kad je on u pitanju,” uzdahnula je Annie, te upitala, “Je li došao osobno kako bi ih odabrao?”

“Da, bio je jutros najranije ovjde. Moja prva mušterija,” odgovorila je Tiffany i nasmijala se.

"Je li što rekao?"

"Ništa značajno. Isprva nije spominjao za koga je cvijeće, a tvoje ime je izgovorio ime tek kad sam sve upakirala. Ali cijelo vrijeme je bio veoma ljubazan. Hvalio je cvjećarnu, moj talent, pitao je za Stevea i dječake, ma apsolutno divan."

"Znači nije ništa komentirao u vezi mene?" natmurila se.

Tiffany se nasmijala, "Zar zaista misliš da bi se Stone *meni* došao povjeravati u vezi vas dvoje?"

Annie je sjela i potonula dublje u stolicu osjećajući se budalasto, "Oh, u pravu si. On se vjerojatno nikad nikome nije povjerio u cijelom svom životu."

"Mislim da bi s njim trebala biti strpljiva," nježno je upozorila Tiffany.

Annie je zbunjeno upitala, "Kako to misliš?"

"Smatram da ne bi trebala uprskati stvari zbog vlastite nestrpljivosti. Tko zna kakvi ga demoni gone iz prošlosti. Svi smo mi ljudi od krvi i mesa, Annie. Možda je i Stone jednom bio jako povrijeđen, pa je sada oprezniji od tebe. Sigurna sam kako ima razloge za svoje ponašanje i mislim da će ti sve reći kad za to bude spreman."

Annie se zamislila nad njenim riječima, te odjednom osjetila veliko olakšanje. "Mislim da si u pravu," složila se, "Sudeći po onome što znam o njemu, Stone je definitivno imao nekoliko teških godina iza sebe i to je sigurno moralo ostaviti traga," na trenutak se zamislila, te dodala, "Da, definitivno je bio povrijeđen. Hvala ti na tako mudrim riječima, Tiffany. Zaista mi pomažeš sagledati stvari s druge – pametnije prespektive."

"Zato sam tu," Tiffany je ponosno odgovorila, a zatim joj je glas poprimio vragolastu notu, "Nego, da ti dam još jednu informaciju: Stone je naručio jedan stolni aranžman za svoj stan. Bi li željela odglumiti dostavljača?"

"Oh, ne, ne! Ne bih to mogla učiniti!" Annie je uzviknula i zarumenila se na samu pomisao.

"Mislim da bi trebala preuzeti inicijativu," istaknula je Tiffany.

Annie se tada prisjetila kako se Stoneu nekoliko puta svidjelo kad je preuzela inicijativu. Možda je došlo vrijeme da to opet učini.

Pogledala je buket. Ne bi joj poslao cvijeće da je bio potpuno ravnodušan prema njoj i ta pomisao joj je dala maleni tračak nade.

"Učini to!" nagovarala je Tiffany.

~

Anniein um mora da se totalno pomutio, mora da je potpuno izgubila razum, a maleni unutarnji glasić koji joj je inače signalizirao kad nešto nije bila dobra ideja mora da je gurnula negdje duboko, negdje odakle ga nije mogla čuti dovoljno glasno da bi ga i poslušala – jer se odjednom pronašla kako nevoljko izlazi iz automobila nedaleko od Stoneove kuće, držeći duguljasti aranžman u drhtavim rukama. Zašto je dopustila Tiffany da je nagovori na ovo?

Iskoristila je pauzu za ručak kako bi odigrala ovu budalastu ulogu dostavljača za kojeg se nadala da će biti nominirana za Oskara. Nasmiješila se na tu pomisao. Samo da se ne osramoti, to je sve što je tražila. Nije joj bio potreban maleni zlatni kipić.

S obzirom da nije znala s koje strane je bio glavni ulaz u Stoneovu kuću, odlučila je proći kroz vrt između kuće i plaže – isti put kojeg je i sam Stone koristio onaj dan nakon piknika kojeg su imali nedaleko odavde.

Dok je hodala uz visoku drvenu ogradu koja je na mjestima bila obrasla divljim cvijećem, odjednom je čula Stoneov neprijateljski glas, "Što *ti* radiš ovdje?"

Ukopala se na mjestu zbog oštrine u njegovom glasu, ali kad se trenutak kasnije osvrnula se oko sebe, zaključila je da mu je još uvijek bila van videokruga, skrivena iza ograde, a i bila je dovoljno tiha da je nije mogao čuti.

Hm, kome se onda obraćao, ako nije njoj?

Odjednom je začula još jedan poznati glas od kojeg joj je cijelo tijelo zadrhtjelo i zamutilo joj se pred očima.

"Onaj tren kad sam čuo da se nalaziš u Stamfordu, u istom gradu gdje se nalazi i Annie, odmah sam znao da nešto smjeraš," progovorio je Alan, "Ne mogu vjerovati da si ovdje već skoro dva mjeseca i da mi niti jednom nisi to priznao!" prekoravao ga je Alan s istom hladnoćom u glasu koju je imao i onaj dan kad je Annie bacio pisma u lice.

Sjećanje na tu scenu joj se usporeno odvrtjelo pred očima i srce ju je zaboljelo istom snažnom boli kao i onda.

Obuzeta šokom, pustila je da aranžman isklizne iz njenih ruku nakon čega je mekano pao na tlo.

Alan? Što on radi ovdje? U Stoneovom vrtu? Zar se njih dvojica poznaju? Ali kako? Što sve ovo znači? Što se događa?

"Zašto si ovdje?" nastavio je Alan.

"Morao sam doći," progovorio je Stoneov duboki glas.

"Ne, nisi. Nisam to tražio od tebe!"

"Nisi ni morao!"

"Ovo nije tvoj problem, Luke!"

Annie je u šoku slušala nihov razgovor, leđa čvrsto priljubljenih uz visoku drvenu ogradu. *Zašto joj Stone nikad nije rekao da poznaje Alana?*

Stoneov glas je iznenada zarežao, "Neću joj dopustiti da ti oduzme šansu da upoznaš svoju kćer," oštro je procijedio, "I sam si rekao da ti je zaprijetila da ako se ikad vratiš u njen život da će uzeti Larisu i zauvijek nestati. Ali nije ništa rekla u vezi toga da tvoj *brat* uđe u njihov život. I ovaj put *ja* imam moć, jer je njena financijska budućnost u mojim rukama. I ako bi se odlučila nestati, jasno bih joj dao do znanja da ću se pobrinuti da više nikada ne pronađe posao."

Brat!? Zvonilo je u Anneinim mislima. *Brat!?*

Podigla je ruke i dlanovima prekrila uši kao da je tom gestom odbijala čuti istinu. Ali istina je bila veliki dio stvarnosti koja se sve više stiskala oko nje, gušeći ju.

"Ne, nisam ovo tražio od tebe. Stvar je puno kompliciranija od toga," naglasio je Alan.

"Ovo sam napravio za obojicu – i za Larisu jer ona ima pravo upoznati svog oca. Pobogu, mene je počela zvati tatom! Eto koliko joj nedostaješ!"

Annie se uhvatila za grudi dok su joj se suze slijevale niz lice. Bila je u dubokom šoku što se Alan – Larisin otac – ovako iznenada pojavio, ali i ne samo to, više ju je šokiralo to što se ispostavilo da je Stone bio Alanov brat koji je – činilo se – došao u Stamford upravo zbog nje i Larise. Sad joj je napokon ona Janeina izjava da je Stone tražio imala smisla.

Znači i Jane je znala – cijelo ovo vrijeme?

"Rekao si da te je Annie samo iskoristila kako bi ostala trudna! Rekla ti je da ne želi muškarca, samo dijete!" Stone je nastavio govoriti, "Eh, pa došao sam promjeniti stvari."

Annie je zinula od zaprepaštenja. *Što!? Ne mogu vjerovati! Alan, taj lažljivac! Ako je Stone u to vjerovao, nije ni čudo što se prema meni odnosio toliko hladno od samog početka! Oh, Bože!*

"Nije na tebi da mijenjaš ono što te se ne tiče!" zarežao je Alan.

"Ne tiče me se? Ona je moja nećakinja! Naravno da me se tiče!"

"Prevršio si svaku mjeru!" Alan i dalje nije želio

priznati istinu.

Sigurno je pokušavao ne reći previše kako se ne bi odao, jer vjerojatno nije ni bio siguran što je točno lagao, ogorčeno je pomislila, te bijesno stisnula šake uz tijelo.

"Došao sam po Larisu," Stoneov glas je postao tiši zbog čega je Annie zadrhtjela.

Po Larisu!? Ali on nema nikakvih zakonsih prava na nju! Zakon... odjednom se sjetila kad ga je Jane upitala je li pronašao nešto što bi mogao upotrijebiti na sudu... Znači ipak su razgovarali o njoj! Ovo je nemoguće! Ne, ovo ne može biti istina!

Čula je njihove korake kako se udaljavaju na šljunčanom dijelu vrta.

"Nisi trebao doći!" još jednom je uzviknuo Alana.

"Ulazi unutra," Stoneov glas je zvučao udaljeno kad je naredio, vjerojatno se približio vratima kuće.

Annie je na trenutak samo stajala, stopljena s ogradom, uronjena u tišinu koja je lelujala oko nje dok joj je u glavi brujalo. Da je sve oko nje u tom trenutku počelo gorjeti, da se zemlja zatresla i otvorila, ona toga ne bi bila svjesna, jer nije bila svjesna vlastitog okruženja. Ne, dok su joj u glavi odzvanjale sve okrutne riječi koje je upravo čula.

Nije bila sigurna koliko je vremena prošlo kad se napokon sjetila da bi se trebala pomaknuti, pa je polako odlijepila svoje ukočeno tijelo od ograde i odsutno se uputila prema autu.

~

Kad je došla u svoj ured, ruke su joj se tresle od bijesa. Tigrica u njoj se probudila i bila je više nego spremna štititi ono što je bilo njeno.

Što si njih dvojica misle tko su? Doći ovamo nakon svih ovih godina, nakon što se Alan onako okrutno odrekao Larise, a sad ju je Stone zahtjevao natrag! Na ovakav način! Samo preko mene mrtve!

Dok je bijes u njoj gorio, pogled joj je kliznuo na buket koji se nalazio na stolu.

Namrštila se, a usne su joj se stisnule u okrutnu crtu. Zatim je zgrabila cvjeće i bijesno ga bacila u koš od smeća, te ga je još i nogom agresivno ugurala dublje.

“Ah!” grleno je promrmljala, “Koju sreću imam s muškarcima! Strašno!” pala je na stolicu i započela grozničavo razmišljati.

Zakonski joj nisu mogli ništa. Ako bi bilo potrebno, imala je svjedoke koji bi bez problema svjedočili da ju je Alan ostavio i da se nikad nije obazirao na Larisinu egzistenciju. Međutim, Annie je instinktivno osjećala da problem zapravo nije bio Alan, njega nikad nije bila ni briga, problem je bio Stone. Ali zašto se on toliko investirao u ovo? Ono što se prije šest godina dogodilo između nje i Alana se nije ticalo Stonea, to nije bio njegov problem... Oh, još je i spavao s njom! A znao je sve! Cijelo vrijeme je znao!

Ljutito je ustala i prišla prozoru, te se zagledala u cvjetni park u nadi da se smiri, ali činilo se da to ovaj put nije djelovalo.

“Annie?” iza nje je odzvonio Stoneov glas narušivši tišinu u uredu.

Annie se zamračilo pred očima i u tom je trenutku pretpostavila da se upravo ovako morao osjećati razjareni bik kad bi mu mahnuli crvenom maramom pred nosom. Cijelo tijelo joj se napelo od gnjeva.

“Zar nisi naučio kucati?” istisnula je kroz zube, još uvijek zureći kroz prozor.

“Zapravo, kucao sam, ali nisi odgovorila,” rekao je. Glas mu je zvučao bliže – ušao je u ured.

Šutjela je, stisnute čeljusti.

“Vidm da ti se buket nije svidio,” mirno je komentirao iza njenih leđa.

Nije više mogla podnijeti tu njegovu lažnu mirnoću, pa se polako okrenula prema njemu i s ozbiljnim izrazom na licu rekla što je mirnije mogla, “Slučajno je skliznuo s ruba stola ravno u koš.”

Stone je svoje visoko tijelo nageo lagano prema naprijed kako bi se zagledao u koš, te rekao, "I pri tome se zgnječio," usne su mu se trznule u kratak smješak.

Annie je stisnula vilicu pokušavajući odlučiti kako započeti raspravu. Znala je samo jedno: njen um nije bio 'programiran' za manipulacije ni igranje prljavih igara i odlučila je ne dopustiti mu da je spusti na tu ništavnu razinu. Neće ići protiv sebe samo zato što se suočila s predstavnicima pakla. Što se nje ticalo, istina je uvijek bila jedina koja je imala najveću moć, bez obzira što je bilo u pitanju. Istina je uvijek dovodila situaciju upravo tamo gdje je morala i biti – to je ponekad spajalo ljude, a ponekad ih je razdvajalo. Ali bez obzira na ishod, istina je uvijek dovodila odnose tamo gdje im je sudbina namjenila da budu.

Međutim, dok je gledala u njegovo zabrinuto lice, Annie je bila svjesna još jedne gorke istine, a to je bilo da ljubav koju je osjećala za njega nije nestala kad je otkrila da je gad. *Oh, sjajno! Moje srce je idiot.*

"Annie, je li sve u redu?" zabrinuto je upitao, "Izgledaš veoma uzrujano. Je li sve u redu s Larisom?"

"Larisa nije tvoj problem," iznenada je prosiktala, što je njega zbunilo.

Ali već u idućem trenutku je zauzeo obrambeni stavi, te rekao, "Slušaj, nije mi potrebna sposobnost čitanja misli. Mogu zbrojiti dva i dva. Cvijeće i ljutiti izraz na tvom licu – bijesna si na mene," mirno je ustvrdio, "Ako je ovo zato što sinoć nisam ostao s tobom..."

"Gade!" bijesno ga je prekinula, "Zašto misliš da sam uopće željela nešto takvo?" lagala je.

Zelene oči su se neraspoloženo stisnule. Činilo se kako nije imao strpljenja za njenu dramu kad je upitao, "U čemu je onda problem?"

"Alanov brat," promrmljala je, te promatrala kako se njegovim licem proširilo bljedilo, dok su mu oči odavale krajnje zaprepaštenje.

"Molim?" rekao je, zatim se pokušao sabrati.

I da Annie nije čula njihov razgovor vlastitim ušima, njegova transformacija od uznemirene zbunjenosti do samopouzdane mirnoće, te sposobnost da lice ovije u bezizražajnost, bi je sigurno zbunilo. Ali ona je znala istinu i to ništa nije moglo promjeniti.

"Čuo si me," zarežala je, "Ti si Alanov brat."

Stisnuo je oči dok je promatrao.

"Znači, saznala si?"

"Da."

"Zar je bio ovdje?"

"Ne."

"Kako onda?"

"Načula sam vaš razgovor."

"Kakav razgovor? Alan se tek danas pojavio u Stamfordu. Kad si mogla čuti naš razgovor?"

"Bila sam svjedokom njegovog pojavljivanja u vrtu tvoje kuće. Tiffany me glupavo poslala da ti dostavim aranžman – i čula sam vas..."

"Oh," lice mu je postalo bljeđe, "Tako znači," promrmljao je, "Ovo nije ispalo onako kako sam zamišljao..."

"Da, znam! Zamišljao si da mi možeš oduzeti Larisu! Da ćeš otići iz Stamforda s njom pod rukom!" viknula je, "Zamišljao si da ćeš pronaći nekakvu prljavštvinu o meni, nešto što bi mogao upotrijebiti na sudu kako bi mi osporio skrbništvo nad njom," bila je na rubu suza, "Kako se usuđuješ!?"

“Annie,” pomaknuo se prema njoj, ali ga je zaustavila njena gesta kad je očajnicki podigla ruku s dlanom okrenutim prema njemu, “Nije tako jednostavno,” rekao je kad je stao.

“To stalno ponavljaš i mislim kako je krajnje vrijeme da mi napokon kažeš cijelu istinu! Zahtjevam znati na koji način si došao do zaključka da imaš pravo doći u moj život samo kako bi ga uništio? Ni tebi ni Alanu nisam učinila ništa nažao!”

On se napeo, “To nije istina!” uzvratio je, “Uništila si Alanov život!”

Annie se zaprepašteno zagledala u njega, “Molim?”

“Otprilike u isto vrijeme kad si rodila Larisu, Alan se počeo čudno ponašati – skoro pa je bio sklon samouništenju zbog pretjeranog alkohola kojeg je konzumirao – i čak se okrenuo lakim drogama,” objašnjavao je s gorčinom u glasu, “Trebalo mi je vremena da shvatim kako je u pitanju bila žena, a ne propala filmska karijera. Kad sam ga prije dvije godine strpao u rehabilitacijski centar, u bunilu mi je mnogo toga priznao. Od toga kako mu je okrutna zmija iščupala srce do toga kako ima kćer. Možeš zamisliti kako sam bio šokiran kad sam to saznao! Nikad prije nije spominjao kćer! A onda mi je priznao kako si mu zaprijetila da se ne miješa u vaš život!”

“To je laž!”

“Vraga je laž!”

“On je *nas* ostavio!”

"Lažeš! Isto kao što si mi lagala kad si rekla da je Alan znao da si ovdje! On je to saznao tek prije par dana kad se raspitivao zašto sam dovraga u Stamfordu!"

"Ne, to nije istina!" uznemireno je uskliknula, "Da, pobjegla sam iz New Yorka, ali ne iz tih razloga. Zar zaista misliš da bih otišla toliko 'daleko' kao do Stamforda – samo nekoliko milja od New Yorka – da sam zaista željela pobjeći od njega i zauvijek sakriti Larisinu egzistenciju!?"

Stone se na trenutak činio zbunjenim, ali se brzo oporavio te rekao, "To je istina, ali možda se nisi usudila otići dalje s obzirom na Bethanyine milione."

"Kako se usuđuješ?"

"Uništila si život mog brata! A i moj!"

"Što ja imam s tvojim uništenim životom!?" kipjela je od bijesa, a onda se nečeg dosjetila, "Alan je lagao i imam dokaz za to!"

Tupo je zurio u nju, "Kakav dokaz?"

"Pisma!"

"Kakva vražja pisma? O čemu pričaš?"

"Pisma koja sam mu slala nakon što se Larisa rodila jer sam ga željela uključiti u njen život. Još ih imam, hvala Bogu!"

Stone se činio osupnutim njenim riječima, samo je stajao i tupo zurio u nju.

Annie je nastavila objašnjavati, "Na kuvertama se jasno vide poštanski pečati s datumima! Također se, osim njegove adrese, na njima nalazi i moja adresa, što je dokaz da je on cijelo vrijeme znao gdje sam. A razlog zašto su ta pisma kod mene, iako pripadaju njemu, je taj što je Alan bio u Stamfordu! Došao je na moj kući prag i bacio mi sva ta pisma u lice," glas joj se slomio od poniženja, "I rekao je da ga nije briga ni za mene ni za Larisu."

Uočila je da se Stone borio sa samim sobom jer očigledno više nije znao u što vjerovati, ali na kraju je ipak pobijedilo negiranje istine, jer je kruto uzviknuo, "To ne može biti istina!" prosiktao je, "Sad ćemo sve ovo riješiti, jednom i zauvijek," rekao je, te zaobišao stol, zgrabio je Annie za nadlakticu i povukao je za sobom, "Idemo!"

"Gdje?"

"Kod mene. Idemo razgovarati s Alanom."

"Oh, ne," opirala se, ali bez uspjeha jer je Stone bio daleko snažniji od nje.

On se zaustavio, te preko ramena pogledao u nju i zarežao, "Je li tvoje opiranje znači da si lagala sve što si mi sad rekla?"

Očajnički je zurila u njegovo lice.

"Zar je to jedini način da se sazna istina? Ako se suočim s Alanom?"

"Da."

"Ali on će opet lagati."

"To ćemo još vidjeti."

~

Putem do Stoneove kuće, Annie se utapala u

kaotičnim emocijama koje su je gušile. Morat će se ponovno suočiti s Alanom. Na tu pomisao se stresla zbog čega je Stone kratko pogledao krajičkom oka, ali nije ništa rekao. Zapravo, šutio je cijelim putem odbijajući sudjelovati u bilo kakvom razgovoru.

Alan se šokirao kad ih je ugledao kako zajedno ulaze kroz vrata. "Sranje," promrmljao je ispod glasa, ali ipak dovoljno glasno da su ga oboje čuli.

Annie se zagleda u njega i odjednom je iznenađeno shvatila da su njih dvojica zapravo sličili jedan drugome. Obojica su imali visoka i snažna tijela, te crnu kosu. Razlika je bila što su Alanove oči bile kao i Larisine, izrazito modre, dok su Stoneove bile zelene. Stone je imao ponešto oštrije crte lica, dugačak nos i visoke jagodice, te krutu četvrtastu vilicu, dok je Alan imao mekše crte. Ali kad su stajali jedan pored drugoga, bilo je jasno da su bili braća. *Kako to nisam odmah uvidjela?*

"U redu. Dosta igranja," započeo je Stone dok je zaobilazio trosjed u prostranom dnevnom boravku i zauzeo mjesto nasuprot Alana i Annie, kao da je bio sam protiv njih dvoje u ovoj borbi, "Ovo je eskaliralo i, na žalost previše sam se umiješao. Sad *ja* zahtjevam znati istinu," pogled mu je kliznuo na Alana, "Sklon sam vjerovati da si mi lagao, mlađi brate. Jer čini mi se da Annie ipak nije onakva kakvom si je opisao."

Annie se iznenadila čuvši njegove riječi. Mislila je da je Stone bio u potpunosti na Alanovoj strani, pa je ovo zateko nespremnu. Možda je ipak postojala nada da ga natjera da shvati istinu?

"Voliš li Annie još uvijek?" to je bilo prvo Stoneovo pitanje, a izbor je šokirao i Annie i Alana.

Alan se činio veoma blijedim, "Sranje!" promrmljao je. Gozničavo je promatrao čas Annie, čas Stonea kao kakva životinja uhvaćena u zamku. Na kraju je prasnuo pod pritiskom, "Naravno da ne! Nisam je nikad ni volio," kruto je rekao, na što se Annienino srce stislo od poznate boli kad ga je Alan prije šest godina slomio u tisuće komadića. Alan je nastavio govoriti, "Nisam ni znao da si sve ovo vrijeme vjerovao da sam ti govorio o Annie."

Stone je bio osupnut njegovom izjavom, "Nego o kome si govorio?"

Alan je kratko pogledao Annie, te nevoljko istisnuo kroz zube, "Dok sam bio s Annie, bio sam i u vezi sa svojom agenticom, Biancom."

"Što?" oboje, i Annie i Stone, su u glas uzviknuli, zbog čega su se pogledali.

"Bianca je bila ta koju sam ludo volio i koja je nemilosrdno iščupala moje srce," objasnio je Alan i opet pokajnički pogledao Annie, "Pretpostavljam da sam to i zaslužio s obzirom kako sam se okrutno ponio prema tebi."

"Ali rekao si da je Annie pobjegla s tvojim djetetom?" istaknuo je Stone još uvijek u nevjerici.

Alanovo lice se iskrivilo u grimasu, zatim je provukao vitke prste kroz gustu crnu kosu koja mu je padala preko čela, "Da, znam da sam ti to rekao," priznao je, "Ali vidiš, u trenutku kad si saznao da *ja* imam kćer, obojica smo već znali da ti ne možeš imati djecu. Kasnije kad si me pitao o tome, nisam ti mogao tek tako jednostavno priznati kako ne želim djecu, niti sam ih ikada želio," zastao je te se zagledao u Stonea kad je rekao, "Neki ljudi jednostavno ne mare za tim da si život ispune djecom. Nismo svi isti. Osobno – previše volim svoju slobodu i činjenicu da se ne moram žrtvovati za nikog osim sebe!" Opet je zastao kako bi provukao prste kroz kosu, te dodao, "Znam da to zvuči strašno i jako sebično, ali nismo svi stvoreni da budemo roditelji i ja sam toga svjestan – kristalno jasno! Larisi je bolje bez mene – i ja to znam! Bolje je imati odsutnog roditelja nego onog koji bi bio hladan, emocionalno nedostižan i koji bi je zauvijek uništio za sve muškarce na svijetu! I bez obzira što mi vas dvoje rekli, neću promjeniti svoje mišljenje," udahnuo je, "Ako se do sada nisam predomislio, male su šanse da ću se ikada predomisliti," opet je pogled fokusirao na Stonea, "Bilo mi je lakše prikazati Annie kao negativca u cijeloj ovoj priči, jer sam želio izbjeći tvoje prodike o tome kako bih trebao biti sretan jer sam imao kćer, samo zato što je ti nemaš," nakon što su mu okrutne riječi izletjele iz usta, ugrizao se za usnu. Vjerojatno je bio svjesan da je prevršio mjeru, ali je ipak dodao, "Nisam mogao ni sanjati da ćes se baciti u potragu za Annie kako bi mi vratio djete koje ionako ne želim."

Annie je pogledala Stonea i bilo joj je jasno da su njega Alanove riječi pogodile više nego nju. Ona se davno suočila s Alanovom okrutnošću i ova bol joj je bila poznata, ali činilo se da je Stone upravo vidio brata u sasvim novom svjetlu i bilo je očigledno da se suzdržavao kako ga ne bi fizički napao.

"Mislio sam da se borim za tebe," procijedio je Stone, "Ne mogu vjerovati. Skoro sam joj uništio život vjerujući tvojim lažima! Samo sam ti htio pomoći..."

"Ah, ne!" suprotstavio se Alan, "Nisi ti ovo učinio zbog mene. Želio si *sebi* pomoći. Od kad su nam roditelji prošle godine poginuli, nisi bio baš sasvim svoj."

Stone se napeo kad je progovorio, "Razlog zašto sam ovo učinio je taj što sam slijepo vjerovao da ti je Annie otela kćer, moju nećakinju – našu krv – a od cijele obitelji smo ostali samo nas dvojica. I naravno da sam ludio s tom spoznajom," priznao je, "I nije mi bilo ni na kraj pameti da si lagao, da ti zapravo ne želis Larisu… Ne mogu vjerovati."

"Slušaj, nije moj problem što ti ne možeš imati djecu," progovorila je Alanova krajnja okrutnost koje se Annie još uvijek jako dobro sjećala.

Stone se naglo okrenuo, te bijesnim koracima prešao dnevni boravak i izašao kroz vrata koja u vodila u vrt, ostavljajući Annie samu s Alanom – nakon dugih šest godina.

Na trenutak su zurili jedno u drugo, zatim joj se Alan nelagodno osmijehnuo.

"Popriličan kaos," rekao je.

"Da," Annie se složila pitajući se što je pobogu ikada vidjela u njemu, "Ispričaj me, Alane, ali ovo je ipak malo previše za mene," rekla je i uputila se prema izlaznim vratima, suprotno od onih kroz koja je nestao Stone. Nije željela ostati ni trenutak dulje u istoj prostoriji s Alanom. Naprosto joj se gadio. Nije mogla vjerovati koliko ga je loše procijenila i koliko je bila u krivu vjerujući u njegovu dobrotu sve one godine. Pogled na njega ju je podsjećao na gorku istinu o tome koliko je strašno uspio zavarati i nije to više mogla podnijeti. Nije mogla vjerovati da se Alan još jednom pojavio u njenom životu i opet je uspio sve razoriti.

Snažno ga je mrzila u tom trenutku dok je napuštala Stoneovu kući, dok joj se pogled mutio od suza koje su prijetile da će se razliti niz njeno lice.

Mrzila ih je obojicu.

~

Annie se već nekoliko dana namjerno nije pojavljivala u galeriji.

Stone ju je nazvao samo jednom i kad je vidjela njegovo ime na ekranu mobitela, odlučila je ignorirati poziv. Nije znala što bi mu rekla, jer su joj misli još uvijek bile kaotične. Kako je mogao očekivati od nje da se vrati na posao nakon svega što se dogodilo? Zašto bi se i vraćala? To je bio njegov biznis i ona više nije imala što tamo tražiti. Ne sad kad je znala istinu.

Četiri dana nakon što je saznala da su njih dvojica bili braća, Annie je došla u Cove Island Park, te sjela na jednu od klupa koje su gledale na more, nadajući se da će je ljetno sunce ugrijati i rastjerati tamne misli. Morala je izaći iz kuće i okružiti se prirodom i ljudima.

Larisa je bila u školi i danas je Annie teško podnijela razdvojenost koja je suočila s praznom kućom u kojoj se osjećala usmaljenije nego ikad prije.

Nije mogla vjerovati da je ponovno pala na pogrešnog muškarca.

Stoneova hladnoća, koja je bila toliko otvorena u početku njihovog poznanstva, joj je trebala biti upozorenje, ali ne – ona je to odlučila ignorirati nadajući se da će se on promjeniti. Sama sebi je – još jednom – stavila ružičaste naočale i time si iskomplicirala vlastiti život. Ponovno je oko jednog muškarca isppreplela lažne nade i zamisli koje se nisu temeljile u stvarnosti. Zaljubila se u iluziju onoga što je od njega htjela, zaljubila se u ideju o ljubavi, o ideju o obitelji.

A Stone je došao u Stamfrod vjerujući da je ona bila najgora žena koju je ikad upoznao u životu. A što je bilo najgore od svega, spavao je s njom vjerujući u to. Nije ni čudo što se ponašao onoliko čudno nakon intimnosti! Ali *zašto* je spavao s njom!? Iz osvete?

Srce joj se bolno stisnulo.

Koju je glupu sreću imala – pala je na obojicu braće, i jedan po jedan su joj iščupali srce iz grudi i nemilosrdno ga rastrgali u tisuće komadića.

"Annie?" odjednom je progovorio Stoneov glas

iza nje, prestrašivši je.

Brzo se okrenula i ugledala ga kako stoji pored klupe.

"Što ti radiš ovdje?" prosiktala je.

"Nisam te slijedio! Obećajem," brzo je rekao, "Došao sam ovdje kako bih u miru razmislio o svemu, kad sam te ugledao."

Annie se sumnjičavo zagledala u njega.

"Čini se kako oboje volimo ovaj park i ovu klupu," pokušao se našaliti, te se slabašno osmijehnuo.

Annie nije ništa rekla, samo ga je gledala pokušavajući zatomiti tugu koju je osjećala.

Stone je odjednom sjeo pored nje i zagledao se duboko u njene oči kad je rekao, "Annie, zaista mi je žao. Ne mogu ti ni opisati koliko mi je žao zbog svega što se dogodilo."

"Isprika ne može tek tako ispraviti nanesenu štetu," tiho je rekla. Nije zapravo osjećala potrebu za konfliktom. Bila je tužna, a ne ljuta.

"Koja sam budala bio kad sam mu vjerovao!" usklinuo je, a njegove zelene oči su bile ispunjene iskrenim žaljenjem.

"Da, bio si," mirno se složila, "Pametan muškarac bi došao ovdje i pokušao razgovarati sa mnom kako bi saznao istinu, ali ne – ti si odabrao sasvim drugačiji pristup," rekla je umornim glasom, "Za ime svijeta, preuzeo si galeriju u kojoj radim, preuzeo si kontrolu nad mojim životom i pri tome iskomplicirao i moj i svoj život, a sve samo kako se ne bi morao konfrontirati sa mnom," uzrujano ga je pogledala, "Mislila sam da si hrabriji od toga."

On je pokajnički spustio pogled, te tiho rekao, "Izgubio sam razum, to priznajem. Ni sam ne znam zašto sam učinio to što sam učinio. Mislim da mi je um bio zatrovan svime što mi je Alan rekao," pogledao je, a usne su mu se stisnule u crtu prije nego je ponovno progovorio, "Znaš, moji su roditelji došli u Ameriku prije mog rođenja," rekao je, zatim je pogled usmjerio prema morskoj površini, te je dodao dubokim glasom, "Navodno su njihove obitelji bile žestoko protiv njihove veze, zbog čega su pobjegli iz Grčke i nikada se nisu vratili natrag. A meni i Alanu su uporno odbijali dati informacije o našim korijenjima tako da nikad nismo uspjeli saznati tko nam je obitelj u Grčkoj," objašnjavao je, dok mu je Annie proučavala čvrsto isklesan profil. *Profil Grčkog Boga,* mučno je pomislila.

"Kad smo kod tvoje obitelji, kako to da ti i Alan nemate isto prezime?" napokon je upitala, "Ti si Stone, a on je Moore."

"Moore je bilo njegovo umjetničko prezime, ali samo na nekoliko godina – dok je vjerovao kako bi mogao postati glumac. Nikad ga nije preuzeo legalno, to je planirao učiniti samo u slučaju da mu se posreći i dobije veliku ulogu, ali na žalost to se nikada nije dogodilo."

"Ah, to objašnjava zašto nisam uspjela ništa saznati o njegovoj fimskoj karijeri."

“Da,” kratko se složio.

“Ne mogu vjerovati da si me ispitivao o Alanu kad smo se tek upoznali, a u stvari *ti* si o njemu znao više od mene!” ogorčeno je rekla.

“Morao sam saznati što si znala, prvenstveno sam morao saznati jesi li bila svjesna da sam mu brat,” spustio je dlan na njenu nadlakticu, zbog čega ga je obrambeno pogledala, ali je on nastavio objašnjavati, “Annie, priznajem – bio sam lud od bijesa. Molim te pokušaj shvatiti moje razloge... Kad su nam roditelji poginuli ostali smo samo Alan i ja. A *ja* ne mogu imati djecu..." glas mu se slomio.

Annie ga je pažljivo pogledala, te rekla, "Znam da si bio oženjen," zastala je kad je iznenađeno pogledao, ali je hrabro nastavila, "Je li te ona ostavila zbog toga?"

"Ne," kratko je rekao, ali su mu se oči napunile tamom, "Ali umjesto da me ostavila, ona je upala u depresiju jer nije uspjela pronaći način kako se nositi s vijestima. Vidiš, Lucy je očajnički željela dijete i nije htjela slušati glas razuma. Znao sam da nije bila dovoljno snažna da bi me napustila, iako je bila krajnje nesretna, pa sam zatražio razvod od nje, kako bih joj pružio šansu da pronađe nekog drugog dok je još mlada. I da ostvari ono što nismo mogli zajedno," glas mu je opet utihnuo, ali je ipak nastavio, “Nakon toga sam se osjećao nepravedno kažnjenim i dugo nisam mogao podnijeti činjenicu da smo Alan i ja sami na svijetu. Pogotovo ne nakon što sam saznao da on ipak ima kćer... I morao sam je pronaći,” glas mu je poprimio notu očaja, "Moraš znati kako sam u to vrijeme vjerovao njegovim riječima i smatrao sam da si ti kriva što Larisa nije dio naših života," čvršće joj je stisnio ruku, "Kad sam tek došao ovdje, već sam te mrzio prije nego što sam ušao u tvoj ured, ali kako sam te više upoznavao, to sam više bio zbunjen," zastao je, te spustio dlan do njene šake kako bi je uhvatio za ruku i isprepleo prste s njenima. Nije se opirala, što mu je dalo nadu, pa je nastavio objašnjavati, "Počeo sam uviđati da nisi ono što mi je Alan rekao, ali tada nisam znao da je on zapravo govorio o Bianci," zatim je bijesno dodao, "Prokleta Bianca! Nisam ni znao da je postojala!" zarežao je, ali se zatim sabrao, "Počeo sam se zaljubljivati u tebe, u dobrotu tvog srca," iznenada je rekao zbog čega je Annieno srce ubrzalo i pogledala ga je raširenih očiju. Međutim, nastavila je šutjeti, dopuštajući mu da joj sve objasni, jer napokon je dijelio svoje osjećaje s njom. Stone je to shvatio i nastavio, "Što sam se dublje zaljubljivao, to mi je postajalo teže biti hladan prema tebi..." čvrsto joj je stisnuo dlan, "Pokušao sam se svim silama oduprijeti želji da te poljubim onu večer nakon izložbe, ali moja potreba za tobom je bila snažnija od razuma," prislonio je vrh njene šake o svoje usne i ustisnuo poljubac na njenu kožu, "Mislio sam da ću sići s uma. Morao sam zamoliti Jane da ostane sa mnom kako bi mi pomogla da ostanem priseban."

"Znači Jane ti je doista samo prijateljica?" napokon je progovorila.

Stone se nježno osmjehnuo, "Naravno, još od kad smo skupa išli u srednju školu. Ona je jedina znala istinu i došla je ovdje kako bi mi pomogla da ostanem sabranim u ovom kaosu."

Annie je zurila u njegove zelene oči koje su je gledale s neizgovorenom molbom, i našla se kako želi da on tu molbu izgovori na glas. Stoga je nastavila šutjeti.

Činilo se kako on nije mogao podnijeti tišinu, jer je vrlo kratko zatim opet progovorio, "Iako je prošlo tek samo dva mjeseca, i znam da je to ludo, ali Annie, ja ne mogu zamisliti svoj život bez tebe i Larise..." zastao je, ispružio ruku te posegnuo za njom.

Obgrlio je s obje ruke dok je Annieono srce luđacki udaralo u grudima, ispunjavajući se ljubavlju koju je osjećala za njega.

"Molim te, možeš li pronaći način da mi oprostiš sve što sam učinio?" rekao je kad je privukao u zagrljaj i naslonio svoje čelo na njezino, čekajući odgovor.

Annie je zatvorila oči utapajući se u toplini njegovog tijela, ne vjerujući svojim ušima... On je bio njen! I tražio je od nje da ona bude njegova! Zar se smjela veseliti ovoj neočekivanoj sreći? Srce joj je drhtjelo od straha. Što ako je povrijedi ako mu se prepusti? Ne bi to mogla podnijeti... Ne opet...

"Annie, molim te reci nešto," prošaptao je pored njenog vrata zbog čega su joj se trnci sustili niz kralježnicu.

Annie je u tom trenutku odlučila zatomiti sve svoje strahove, zakopati ih negdje duboko u sebi, jer nije željela da joj unište priliku koja je bila ispred nje. Riskirati će... I pokušat će uživati u ovo malo raja koje joj se nudilo.

Ljubav je uvijek rizik, odzvonilo joj je u glavi, *nema garancija.*

Umjesto odgovora, podigla je glavu prema njemu i svojim usnama potražila njegove koje su joj spremno odgovorile.

Epilog

Annie je s osmjehom promatrala kako joj se Sarah približava sa svečanim izrazom na zajapurenom licu.

Sarah je bila odjevena u svoj najsvečaniji kostim u žarko zelenoj boji, a na glavi je imala maleni zeleni šeširić s velikim ljubičastim cvijetom.

"Annie!" uskliknula je, "Danas je prvi ponedjeljak u mjesecu!"

"Znam," odgovorila je Annie s osmjehom kad se Sarah zaustavila ispred nje nasred Cove Island Parka u kojem se održala svečana ceremonija, "Upravo zato sam i odabrala da vjenčanje bude na današnji dan."

"Bože! Ne mogu vjerovati da to nisam prije shvatila! A još sam se i čudila zašto si se odlučila udati baš na ponedjeljak!" Sarah je uskliknula, te se srčano nasmijala pri čemu joj se cijelo tijelo zatreslo.

Annie se nasmijala zajedno s njom, te nježno rekla, "Čini mi se kao da mi je naš ritual donio sreću, jer od kad smo počele mijenjati naša razmišljanja u pozitivno – bar taj jedan dan u mjesecu – uvjerena sam da je ta energija počela privlačiti pozitivne događaje u naš život," objasnila je.

"Zar ne? Tako sam i sama zaključila," složila se Sarah.

"I moj san se napokon ostvario," rekla je Annie sanjivim osmjehom kad je pogledala niz svoje tijelo i zagladila bijelu vjenčanicu koja je u bogatim valovima padala od njenog struka do poda.

"A i moj također," progovorio je Stone pored nje, "napokon imam obitelj," privukao je u čvrst zagrljaj, "moju vlastitu malenu obitelj..."

"Tata!" uskliknula je Larisa dok je jurila prema njima niz uski puteljak u parku, a iza nje je koračala Bethany vodeći Alana pod rukom koji se činio pretjerano ukočenim.

Alan se morao pomiriti s činjenicom da će mu kćer ipak postati dio života i da više nije mogao ignorirati njeno postojanje. Larisa ga je odlučila zvati *tatom 2*, jer za nju je jedini tata – *tata broj 1* – bio Stone kojeg je nemilosrdno obožavala. Bila je izvan sebe od sreće jer je otišla od toga da nije imala oca u svom životu do toga da je odjednom imala dvojicu muškaraca u toj ulozi.

Larisa je uletjela je u Stoneove raširene ruke, a on ju je zatim čvrsto podigao u naručje.

Anneino se srce topilo od ljubavi dok ih je promatrala.

"Moja malena obitelj," prošaptala je kad je Stone i nju privukao u zagrljaj, a Larisa je pribacila ruke oko njihovih ramena privlačeći ih bliže u prisan zagrljaj.

Obitelj.

KRAJ

Ostale knjige koje se mogu pronaći na Amazonu:

IZGUBLJENE DUŠE: SRCE ŽADA

KNJIGA 1 - Mlada lady Jade Northwick, predstavnica visokog društva, sanja o savršenom muškarcu koji bi zaslužio da mu preda cvijeće iz skrovitog vrta koji godinama njeguje duboko u srcu i čuva za onog pravog. Na balu upoznaje markantnog grofa Darkwooda koji ju osvoji muževnošću i nedostupnošću koja ju sve više kopka.

Kad Jadein otac pretrpi bankrot i kad ju odluči udati za starog, ali bogatog lorda Kingsleya, ona će se za pomoć obratiti Darkwoodu od kojeg doznaje kako uslugu traži od demona kojeg je stvorio sam Lucifer...

Lucianova glavna svrha postojanja je uzimanje ljudskih duša, ali niz događaja koji će uslijediti nakon što sklopi dogovor s Jadeinim ocem, zauvijek će promijeniti njegov život. I po prvi put u povijesti čovječanstva, jedan će se demon boriti za spas ljudske duše...

IZGUBLJENE DUŠE: SUZE ŽADA

KNJIGA 2 - Ljubavna veza između Jade i Luciana nalazi se na velikoj kušnji...

Jade je izbrisano sjećanje na prošlost i ona se ne sjeća ni tko je bila prije ni kako se i zašto našla u neobičnoj i čudnoj zemlji koju njezini stanovnici nazivaju Gala. Okružena je nepoznatim ljudima u neobičnom okolišu, a čovjek-pantera imenom Pathos nastoji uspostaviti neobično prisan odnos s njom. Začudo, ona uz njega počinje osjećati do tada nepoznatu tjelesnu strast, ali istodobno i veliku smirenost.

Iznenada, u Gali se pojavljuje i Lucian, ali ona se ne sjeća ničega iz vlastite prošlosti...

Hoće li joj se sjećanje vratiti? Hoće li se sjetiti svoje ljubav i prema Lucianu? Tko će osvojiti njezino srce, ali i dušu? Pathos se bori za njezin zaborav, a Lucian za njezino sjećanje...

IGRA SUDBINE

Nicole Adams će pokušati izliječiti slomljeno srce odlaskom u Toscanu. Večer uoči odlaska u njezinu snu se pojavljuje muškarac s neobičnim očima kojeg zatim susreće u Firenci. Iznenađena neobičnom slučajnošću Nicole biva uvučena u opasnu avanturu prepunu strasti. U kakvoj su vezi njeni snovi, tajanstveni muškarac i mrtvo tijelo osobe koju je prepoznala?

U život Daniela Colletija je ušla tragedija i ostala uz njega. Kad je upoznao jednostavnu i nježnu ženu po imenu Nicole, nije mogao znati koliko će ona promijeniti njegov život i pomoći mu da shvati što se skrivalo iza tragične nesreće koja se dogodila prije šest godina kada se zakleo da neće više voljeti. Može li ona izliječiti njegovo srce, iako je njeno bilo rastrgano?

ALEX

Alexandra Heart je detektivka koja vjeruje jedino i isključivo sebi. Od ranog djetinjstva gaji neprijateljstvo prema suprotnom spolu, ali život je dovodi u situaciju kada će to neprijateljstvo biti napregnuto do krajnjih granica.

Poslana na tajnu misiju u rodni grad kako bi postala partnericom zgodnom detektivu Tonyju Leeu Brassu, biva odbijena jer je žensko. Zbog toga pristupa nadređenima s planom koji oni odobravaju i ona se prerušava u mladog detektiva Alexa Mendeza, nakon čega bude primljena, što ju dodatno razljuti.

Tony je neukrotivi detektiv koji želi potrčkala, a ne ravnopravnog partnera na kojeg ga prisiljava šef i mladi Alex mu se učini idealnim za tu poziciju.

Dok uzajamno neprijateljstvo raste, tragovi ih vode do striptiz-bara gdje djelatnice misteriozno nestaju i za koji sumnjaju da je paravan za veliki kriminal. Alexandra se odluči zaposliti kao plesačica pod imenom Jane i igrom slučaja postane Tonyjeva doušnica.

Kako će zaista izgledati nejzino žongliranje između toliko identiteta, te kako će se žena koja je neprijateljski nastrojena prema muškom rodu snaći u prljavom striptiz-baru. Ali najvažnije pitanje jest: što se događa s nestalim djevojkama i tko se nalazi na čelu kriminalne organizacije?

ELISINE VRAGOLIJE

Prva knjiga Somerset Serijala

Kad se objave zaruke Elenore, Lady Dorset i Blakea, Vojvode Harringtona mlađeg, Elenora je prestravljena i za pomoć zamoli svoju sestru blizanku, Elisu, koja je oduvijek bila vođa među Dorset setrama.

Elisa dolazi na plan da njih dvije na proslavi zaruka zamjene identitete i da nakon toga Elisa pokuša svojim odbojnim ponašanjem natjerati Vojvodu da odustane od namjere da oženi Elenoru.

Međutim, djevojke nisu svjesne da i sam vojvoda ima svoje planove u vezi najavljenog braka, planovi koji će Elisi itekako otežati njezine vragolije.

Hoće li dvoje ljudi, koji se natječu tko će kome više zagorčati život, uspjeti pronaći iskrenu ljubav?

Made in the USA
Monee, IL
18 December 2020

54432278R00152